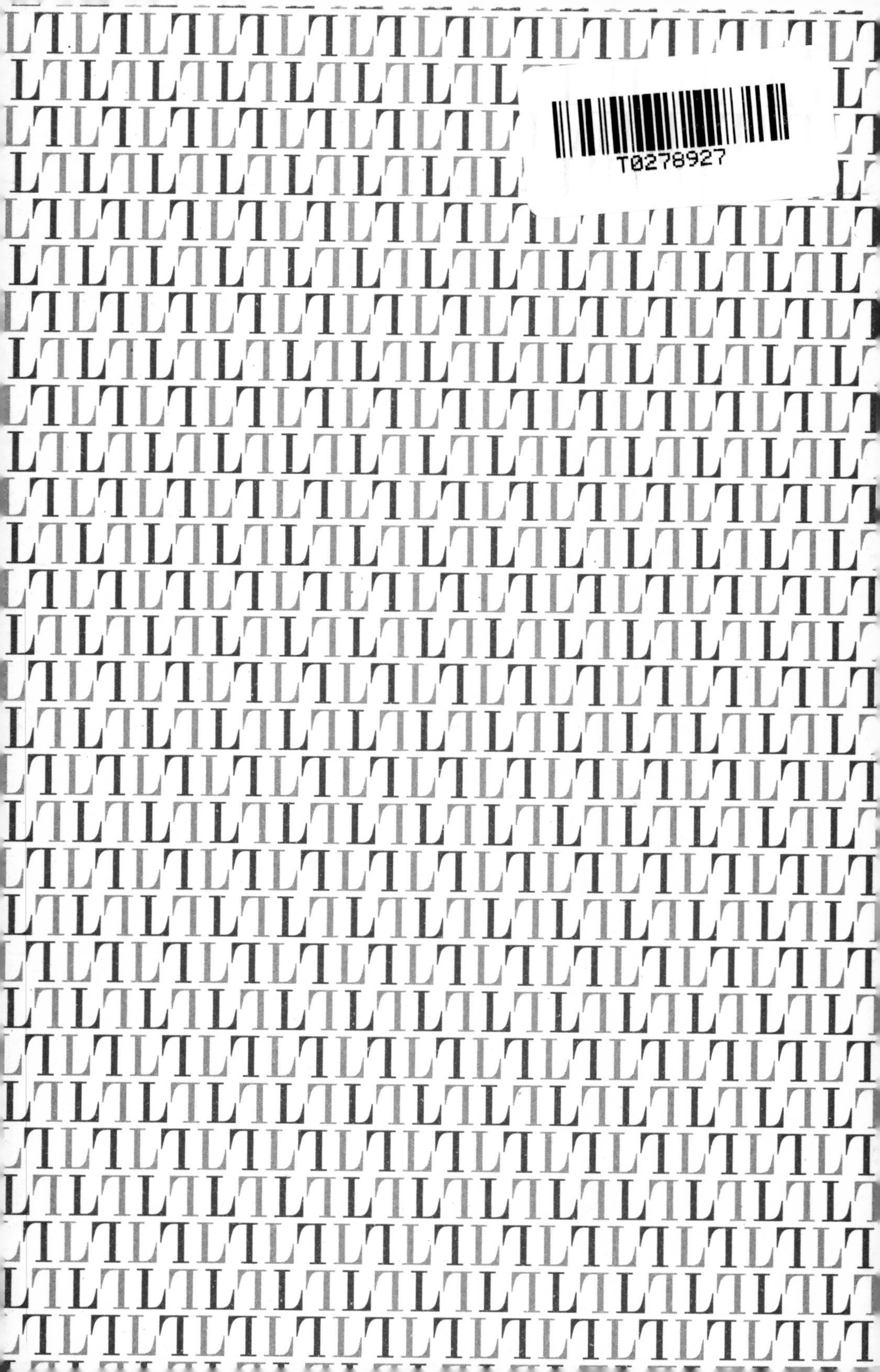
T0278927

Gadir

Gadir

Cristina Cerrada

Lumen

narrativa

Papel certificado por el Forest Stewardship Council®

Primera edición: abril de 2024

Printed in Spain – Impreso en España

ISBN: 978-84-264-3061-8
Depósito legal: B-1.877-2024

Compuesto en M. I. Maquetación, S. L.
Impreso en Unigraf, Móstoles (Madrid)

H 4 3 0 6 1 8

Gadir

1

Había seis billetes de quinientos encima de la mesa. Habían sido míos, pero ya no lo eran. El Cuco los contó con los dedos, uno a uno, mientras yo los miraba y me despedía de ellos hasta que la suerte quisiera volver a juntarlos para mí. No sería dentro de mucho. En casa de Cata había timba un día sí y otro no.

—Esta vez no —dijo el Cuco.

—Hombre, deja que me tome la revancha.

—He dicho que no —concluyó él.

Si el Cuco lo decía, es que nada se podía hacer. Tampoco se podía hacer nada si le debías dinero al Cuco, salvo pagar.

Así que allí estaba yo, sentado en casa de Cata un par de días después, bebiendo cervezas y comiendo patatas, hablando con Cata de esto y de aquello y de lo de más allá mientras ella le sacaba brillo a los vasos con un trapo cuando, empujando la puerta, entró un tipo grande y corpulento al que no habíamos visto nunca.

—Vengo buscándote de parte del Califa —dijo.

—¿Ah, sí? —dije yo mirando de soslayo a Cata y sonriendo con media boca nada más—. Aquí estoy con mi amiga tomando unas cervezas —dije—. No me escondo.

El tipo me contempló sin cambiar de expresión, como si no me hubiera entendido, desde lo alto de una papada replegada como el fuelle de un acordeón.

—El Califa tiene un problema y quiere que vayas a verlo.

El Califa era el tío del Cuco. O eso se decía. Se decía también que el Califa tenía sobrinos repartidos por toda la geografía. Era representante de artistas.

—¿Sabías que el Califa descubrió a Camilo Sesto, Cata?

Era una broma. Su actual nómina de artistas era un rosario de fracasados, por lo que se veía obligado a diversificar sus negocios: tragaperras, contrabando de tabaco... Lo habitual.

—¿Y qué le pasa al Califa? —le pregunté al tipo.

Se sorbió el labio inferior, como si fuera una sopa blanda de pan, y dijo:

—No es de mi incumbencia. Yo hago solo lo que me ha pedido.

—¿Y qué te ha pedido, hombre? Suéltalo ya —lo insté.

—Que viniera a buscarte y te llevara a su oficina. Y cuanto antes mejor —añadió.

Hacía tiempo que conocía al Califa, y no tenía nada que hacer a esa hora de la mañana excepto continuar bebiendo cervezas con Cata. Así que pagué la cuenta y seguí al tipo corpulento hasta las nuevas oficinas del Califa en las afueras de Ceuta.

Cogimos una camioneta, es lo más rápido si quieres atravesar de día la ciudad. Mirando por la ventanilla, viendo pasar a brochazos la implacable luz africana, volví a acordarme de Sandrine. Le pregunté al tipo si había oído hablar de ella.

—¿Sandrine? —se extrañó tanto que el labio inferior llegó a rozarle la barbilla—. Y yo qué sé.

—No lo digas de ese modo, hombre —le dije yo—. Era una cantante a la que tu jefe llevó.

—No he oído hablar de ninguna Sandrine —dijo él.

—El viejo le hizo ganar dinero. Hace mucho, a lo mejor tú ni habías nacido.

El tipo corpulento sorbió ruidosamente una flema e hizo amago de escupir.

—Era guapa —le dije—. Pero guapa guapa. Y buena gente. —Y era verdad—. ¿Sabes cuando alguien te hace sentir bien? ¿Como si fueras nuevo? Como si estrenaras algo, ¿sabes? Como si estrenaras tu propia voz. O tu cara. ¿De verdad que nunca te has sentido así? —le pregunté.

Era evidente que no. No me habría mirado igual de extrañado de haberle dicho que era amigo de Sadam Husseín.

—¿Cómo te llamas? —le pregunté.

—Mircha.

—¿Mircha? ¿Y qué clase de nombre es ese, coño?

—Un nombre de mi país.

—¿Tu país? ¿Qué país, joder? Suéltalo ya.

—Rumanía.

—Ah, Rumanía, claro. Cómo no. ¿De verdad que nunca te has mirado al espejo y has visto a alguien diferente, eh, Mircha, chaval?

El autobús llegó a su destino y nos bajamos de él.

El Califa se había trasladado al peor barrio de la ciudad. Caramba. No iba por aquel sitio desde mis tiempos de estudiante. Me gustaría decir que había cambiado, que el barrio azotado por la droga que yo recordaba había desaparecido y que, en su lugar, había surgido una maravilla residencial, con niños en bicicleta y viviendas con jardín. Pero mentiría. Lo único que no había hoy eran los yonquis de diez años atrás. Por lo demás, la misma pobreza, la misma suciedad, los mismos moros de pelo negro encrespado con la misma pinta de harapientos.

El rumano entró en el edificio delante de mí. Gruñó al portero y llamó al ascensor. Mientras lo esperábamos, examiné detenidamente el vestíbulo. No había estado antes allí, pero reconocí las cucarachas de inmediato, y el olor a comida y humedad, y la mugre. Se veía que el Califa no había prosperado.

—Qué pena de vida —le dije a Mircha.

Él me echó un rápido vistazo por el rabillo del ojo y se pellizcó la nariz.

Nos bajamos en el séptimo piso. El rumano golpeó la puerta con los nudillos y esperamos. Pasaron unos segundos, casi un minuto. El mismo Califa nos abrió.

—¡Suso Corbacho! —dijo palmeándome la espalda.

—¿Cómo estás, viejo? —le pregunté.

—Pero entra, chico, entra.

Esperaba hallar cierto ajetreo, músicos tocando la trompeta, qué sé yo, una chica contestando al teléfono en la recepción. Pero aquello era un mausoleo. El viejo echó a andar por un pasillo lleno de hornacinas con lo que quedaba de unas cuantas figuras de yeso en su interior.

—¿Qué era esto, Califa, una funeraria o qué? —dije sin mala intención—. Me gustaba más el otro local.

Llegamos a un cuarto espacioso donde reinaba el caos. Todo estaba hecho un desastre, un par de sillas llenas de cartapacios y la mesa hasta arriba de cartas sin abrir. Una marea de minúsculas motas de polvo flotaba en el aire. El ruido del tráfico que entraba por la ventana se mezclaba con el de las batientes aspas de un ventilador.

—Siéntate —dijo el Califa desocupando una silla.

Lo miré con prevención. Cuando el rumano se marchó, me preguntó si tenía su dinero.

—Caray, viejo, ya me gustaría —contesté azorado—. Pero no ha pasado ni un día.

Puesto en pie, el Califa me observó. Adelantó la barbilla y sonrió.

—Te veo un poco desmejorado, Suso —dijo con una voz suave y bien modulada—. He oído decir que no te va muy bien.

—¡Toma! ¿De verdad? —respondí.

—¿El viejo ya no te ayuda?

Me recliné en la silla y parpadeé.

—No sé a qué te refieres, Califa.

—Sigue tan cabrón, ¿eh? —Rio entre dientes—. Seguro, como si lo viera. Recuerdo los tiempos de El Puerto y Algeciras. —Chasqueó la lengua—. En fin. De qué sirve ponerse nostálgico, digo yo.

Se sentó sonriendo, y asintió con la cabeza en dirección a mí.

—De modo que aquí estamos, chavalote. Me parece que no podríamos haber encontrado un momento mejor para hablar de negocios tú y yo, Suso. Ya le he dicho al Cuco que no se ponga nervioso contigo. Que tú piensas pagar.

Afirmé con la cabeza. Él extendió sus gordas manos hacia mí y, sonriendo aún más, me preguntó si había oído hablar del Pespá.

—¿El Pespá?

—Pepe Ponce —dijo—. Un gitano de Cádiz, de nuestra tierra. Canta como Dios. Aún no es muy conocido, pero lo será.

—¿Y eso? —le pregunté—. ¿Canta sumergido en un barril o qué?

—Hombre, no seas sarcástico —dijo el Califa.

Incorporó su gordo cuerpo y se puso en pie. Rodeó el escritorio con lentitud. De una caja sacó un habano y me lo ofreció. Lo rechacé.

El viejo volvió a sentarse. Ahora que lo miraba de cerca me di cuenta de lo mucho que había envejecido. De repente, sin querer, volví a acordarme de Sandrine.

—¿Te acuerdas de Sandrine, Califa? —le pregunté.

Estaba seguro de que la recordaba y esperé a ver su reacción. El Califa arrugó exageradamente el ceño y me miró.

—¿De quién?

—De Sandrine, aquella chica a la que llevaste hace años. Una que cantaba muy bien.

—No me acuerdo de ninguna Sandrine. ¿Cómo está Ginés? —me preguntó.

—Supongo que bien —dije—. La última vez que lo vi fue en comisaría. Le gusta ese sitio, ya sabes.

—¡El bueno del Ginés! —rio el Califa—. Menudas juergas nos corrimos allá en la Línea. Tu padre, él y yo. ¡Pero tú qué vas a acordarte, si eras un chaval!

—Bueno, hombre, no exageres. —Me incorporé en la silla frente a él—. Grabó un disco —insistí—, Sandrine. Con una canción que se hizo muy popular. Hombre, te tienes que acordar.

—Ah, sí... —dijo él, hundiéndose en el sillón. Sacó un cortaúñas y agujeró el habano con él—. Sandrine, sí, claro.

—Era buena, ¿eh? —dije yo.

—Sí, hombre, sí —dijo él—. Con respecto a ese chico...

En los minutos que siguieron me habló largo y tendido sobre el Pespá. El gitano llevaba viviendo en Ceuta unos años nada más. Tocaba en tablaos y garitos. De momento, él lo tenía colocado en cierto teatro segundón. Pero estaba convencido de que se hallaba solo a un paso de dar el gran salto al flamenco de verdad.

—¡No me digas! —exclamé—. Y eso supondría un pastizal para ti, ¿no, Califa?

—No viene al caso —dijo cortante—. Se trata de la carrera del chaval. —Hizo una pausa teatral, tan efectista como estudiada, mientras encendía el habano—. Lo que importa es que está pasando un mal momento. —Dejando escapar el humo hacia mí, concluyó—: Está siendo extorsionado.

Exageré una mueca de estupor.

—¿Te refieres a que lo chantajean, Califa? —le pregunté.

—Eso es.

—No jodas. ¿Y eso por qué?

—Cosas del pasado —cabeceó.

Se levantó despacio y caminó taciturno por la habitación, sorteando algún que otro periódico desperdigado por el suelo, hasta detenerse en la ventana. Dándome la espalda, se puso a mirar al exterior.

—Cosas de cuando tenía catorce o quince años, allá, en nuestro Cádiz natal. —Levantó los hombros como un barítono en su solo más esperado y se volvió dramáticamente hacia mí—. A ver, Suso, qué quieres que te diga. ¿Quién no ha cometido errores en su juventud?

Eso, pensé yo. ¿Quién no los ha cometido?

—Caramba —le dije—, vaya historia más triste que me has contado, Califa. En fin —dije, poniéndome de pie—, me voy consternado, hombre. Hala, espero que todo se arregle.

El Califa se inclinó un poco hacia mí. Su mirada era tan fría como el hielo. Me taladró con ella.

—Esos tres mil que me debes, Suso... —insinuó—. Bueno, todo quedará olvidado, ya sabes... si colaboras. —Volvió a reír entre dientes—. Espero que comprendas mi posición, Suso.

Volví a tomar asiento.

—¿Qué quieres que haga? —le pregunté de mala gana.

Él se encogió de hombros.

—Eres abogado, hombre. Vete a hablar con ellos.

—Ellos. ¿Y quiénes son ellos?

—Él te lo dirá.

2

Ceuta es una ciudad pequeña si la comparas con Nueva York. O con Tokio. Hasta con Jerez. Sin embargo, tiene algo. Algo que la hace diferente, algo que hace que sientas a la vez deseos de quedarte y de largarte echando hostias de allí.

Soy como todos, qué puedo decir, y a los diecisiete años pensaba que todo el mundo era gilipollas menos yo. Que todos estaban contra mí, que yo era distinto. El mejor. Y creía, por tanto, que solo yo estaba en posesión de la verdad. Había conocido a algunos chavales que respiraban y hasta cagaban por donde les decían sus padres. No les cabía una paja en el culo de lo orgullosos que estaban del colegio para hijos de diplomáticos en el que estudiaban, del club de campo en el que los habían admitido, de los establos donde pasaban las tardes practicando equitación, los mismos en los que sus abuelos se habían limpiado la mierda de caballo de las suelas de sus zapatos en el negro trasero de algún marroquí. Pero no era mi caso. Yo odiaba el colegio en el que me obligaban a estudiar. Odiaba los caballos. Odiaba la ciudad y a sus habitantes. Pero, sobre todo, odiaba a mi padre.

Tenía catorce años cuando vinimos a vivir aquí. Poco después de que cumpliera los diecisiete, mi madre murió. Cáncer, dijeron los médicos. Mi padre, dije yo. Intenté colgarme de la lámpara del techo. Menudo imbécil. Por supuesto, la lámpara no aguantó mi peso y el techo se me vino encima. Más adelante, mi padre intentó encerrarme porque estampé su Ferrari contra las puertas del basurero municipal. Me rompí el brazo y dos costillas. Ese día, en el hospital, detectaron los pinchazos en mis brazos y mis pantorrillas. Estuve dos días sudando y gritando sin parar. Antes de mandarme a casa, los médicos hablaron con él.

—Hay un centro para casos como este —le dijeron—. Será muy duro para él. Pero aún lo será más para usted. Las primeras semanas no podrá visitar a su hijo, ni siquiera podrá hablar por teléfono con él.

—Llévenselo —dijo mi padre sin vacilar.

La casa de mi padre estaba llena de libros. Mi padre los coleccionaba. Ediciones antiguas, raras. Participaba en subastas y ventas privadas. Ignoro si los leía todos, probablemente no. Los libros se alineaban en estanterías que forraban las paredes de su estudio, de la sala de estar, del comedor. Era un hombre culto. Como consecuencia, yo también leí. Crecí leyendo; novelas, sobre todo, pero también botánica y geología, matemáticas y poesía. Mi madre me traía libros de los mercadillos del puerto, volúmenes de segunda mano venidos de la península.

En Ceuta no vivíamos mal. Teníamos servicio permanente, una cocinera y un mozo que se ocupaba del jardín, un prado de más de una hectárea situado en la parte trasera de la casa donde encontré a mi padre aquella mañana.

Mientras atravesaba el césped para reunirme con él, me recordé a mí mismo de chaval, arrastrándome por entre los macizos de flores, escondiéndome para esquivarlo. Levanté la vista hacia la ventana de mi antigua habitación, un cuarto en el que disponía de mi propia mesa de billar. Disponer de una mesa de billar para mí solo habría debido bastar para hacerme feliz, ¿no, coño? No bastó. Empecé a fumar petas a los trece; a los dieciséis ya me había metido de todo. Fue un milagro que pudiera desengancharme y llevar una vida normal. Aunque siempre anduve en malas compañías. Repetí cuatro cursos en la universidad, no me licencié hasta los veintiséis. Y mi padre no me lo había perdonado aún. Un hijo como yo era algo que no se merecía un hombre como él.

—Has venido —dijo sin apartar la vista del pedazo de carne que tenía frente a sí. No, no se trataba de un filete. Era más bien un pájaro. Quizá un ratón. Estaba abierto en canal sobre un trozo de gasa quirúrgica, encima de una bandeja de acero inoxidable. Esa era su afición: vaciar pequeñas alimañas y disecarlas.

—Sí, he venido —contesté.

Hacía calor. Me pasé un pañuelo por la frente y me aflojé la corbata. Mi padre volvió la vista hacia mí, sin llegar a mirarme, y señaló una vieja silla de jardín, oxidada y decadente, al otro lado de la mesa. La humedad hace estragos con los muebles en esta ciudad.

—Siéntate —me ordenó—. Y quítate la chaqueta.

Obedecí. Hacía calor ya a esa hora de la mañana. Mi padre se apartó un mechón canoso de la cara con el envés de la mano enfundada en un guante de látex mientras con la otra sostenía en alto un bisturí. Nada revelaba que estuviese inquieto por algo. Pese a todo, minúsculas gotas de sudor ribeteaban su frente cerca de la raíz del cabello cuando hundió el bisturí en algún vericueto de la anatomía del animal.

—¿Qué ocurre? —le pregunté.

—¿Tiene que ocurrir algo? —dijo sin perder concentración.

Me columpié en la silla.

—Hombre, me has llamado —dije.

Mi padre no contestó enseguida. Al final soltó:

—Zallas está aquí.

Lo dijo sin mover apenas los labios, que permanecían en una línea recta y fina, semejante a una herida, paralela a las arrugas de su frente.

—¿Quién es Zallas? —le pregunté.

Emitió un inequívoco suspiro de decepción, algo que solo yo habría podido detectar. La sangre había dejado de manar del interior del bicho que tenía delante y procedió a vaciarlo de carne con una cuchara. Era un pájaro. No, un ratón.

—La Serpiente Peluda —dijo—. La Junta de Andalucía le ha concedido ya la adjudicación de las obras de construcción.

—¡Ah, sí! ¡La Serpiente Peluda, coño! —exclamé simulando acordarme.

Mi padre levantó las cejas como si fuera a mirarme.

—No tienes que fingir que comprendes por mí.

—No finjo. La Serpiente Peluda, sí —repetí soñadoramente, pellizcándome el labio inferior, calculando si semejante nombre, aplicado a una atracción de feria, sería lo más acertado—. ¿No asustará a los niños, papá? Una serpiente peluda... Hum... Suena chungo, hombre. Poco de fiar. Y luego que... Coño, ¿las serpientes tienen pelo?

Chasqueé la lengua mientras me reía y hacía una mueca, sacudiendo la cabeza para decir que no.

Mi padre apartó la vista del pájaro y la clavó en mí. Me pareció que entre las vísceras de aquel bicho y sus ojos aún flotaba alguna clase de fluido, una especie de probóscide viscosa que los mantenía unidos. Sentí náuseas.

—La firma del contrato es dentro de tres semanas. No hará falta que te quedes en Cádiz más de un día o dos.

—Un día o dos, ¿eh? ¿Tan poco?

—Podrás alojarte en casa de tu madre.

Crucé los brazos bajo el pecho y me columpié en el asiento, soñador.

—No sé qué decirte, papá.

—No tienes que decir nada. Es un trámite nada más.

—Pero es que estoy de vacaciones, papá. Necesito descansar. Todo el mundo descansa, hasta Zallas. Incluso tú deberías descansar, papá.

Mi padre echó el cuerpo hacia atrás.

—¿Cuánto tiempo crees que vas a sobrevivir en esta ciudad sin trabajar, Suso? —me preguntó.

—Ya trabajo. Tengo mis propios casos.

—¿Ah, sí? ¿Qué casos son esos?

—Pues mira... —dije, inclinándome sobre la mesa y adelantando un dedo índice hacia él—. Por lo pronto, le estoy llevando un asuntillo a ese viejo amigo tuyo, papá. El Califa. Te acuerdas de él, ¿no?

Esperé a ver su reacción. Levantó los ojos hacia mí.

—Un caso de extorsión —añadí—. Puede estar bien.

Si pensaba decir algo, se lo guardó. En cambio, continuó con el asunto por el que me había hecho venir.

—Zallas es un hombre importante. Te conviene llevar esto para él.

—No es un hombre importante. Es un mafioso —dije yo.

—No digas estupideces. Es un empresario.

—Un empresario, sí. Puede que cuando vosotros empezasteis, cuando erais feriantes, fuese un empresario. Ahora es más turbio que el agua de fregar.

Guardó silencio un momento. Nada de lo que le decía provocaba en él la más mínima emoción.

—Tu amigo tampoco es un ángel.

—¿Quién? ¿El Califa? ¿No te cae bien, papá?

Lo eludió sin responder.

—El Califa no es amigo mío, papá, sino tuyo. Acuérdate. Y no, no es una hermanita de la caridad, es solo un rufián de medio pelo. No hay comparación.

Mi padre se acodó en la mesa y, como si fuera a hacerme una confesión, se inclinó sobre el bicho hacia mí.

—¿De cuánto dinero dispones en este momento, Suso? Aparte del que yo te doy.

Levantó la piel de su frente al mirarme, formando con ella unos pliegues que apenas podían ocultar su irritación.

—¿Vas a seguir malgastando tu vida eternamente? ¿Quieres ser siempre un pelagatos?

Esperaba una respuesta.

—Claro que no —le dije.

Volvió a reclinarse, satisfecho. Se tomó su tiempo para continuar.

—Zallas quiere empezar las obras de la Serpiente en otoño. El proyecto de construcción de esa chuminada le hace mucha ilusión.

—¿Ah, sí? Pues qué bien, coño, me alegro mucho por él. Y por la serpiente.

—Déjate de estupideces. Te conviene relacionarte con hombres como él.

Mi padre dio por concluida la conversación. Pero yo no.

—¿Y qué coño voy a sacar yo de una «chuminada» como esa, como tú la llamas? ¿Me lo quieres decir? Con el asunto del Califa voy a ganar más.

Mi padre apartó la vista del bicho que tenía delante, un pájaro, o un ratón, y me dirigió una mirada impaciente.

—Puedes sacar algo que no tienes —dijo con toda tranquilidad.

—¿Ah, sí? ¿El qué?

—Prestigio.

—¿Prestigio?

—Sé que ahora no te importa, Suso. Pero algún día me agradecerás lo que hago por ti.

Sonreí cautelosamente, tratando de hacerle llegar a mi padre cuánta emoción producían en mí sus palabras.

—Te lo agradezco, papá. Ea, de verdad. Te agradezco mucho que pienses tanto en mí, coño. Cualquiera diría que me encargabas esto por quitarte un muerto de encima. Pero yo sé que no.

Mi padre hizo caso omiso a mis últimas palabras y, mientras me levantaba para marcharme, añadió:

—Te he concertado una entrevista con él.

—Pues has hecho mal —afirmé—. Me importan un huevo Zallas y su serpiente, papá.

Abrió la boca pasmado. Si hubiera tenido veinte años menos, me habría abofeteado allí mismo por hablarle así. Contrajo los músculos del cuello y dijo:

—No has sido nunca más que un insignificante...

—¿Bastardo? —lo interrumpí—. Ibas a decir eso, ¿eh, papá?

No contestó.

El mentón le tembló un instante, antes de que el pajarraco y las vísceras desperdigadas sobre la mesa volvieran a centrar su atención.

3

Hay un lugar de Ceuta especialmente asqueroso al que siempre me ha gustado ir. Allí me dirigí después de dejarlo a él. Uno no se imagina que va a llegar al infierno siguiendo la costa de Ceuta a esa hora de la mañana, con el mar de fondo completamente azul, un azul de intensidad porfiada, casi sólida, tan inabarcable y tan hondo que le hace a uno parpadear y frotarse los ojos de pura incredulidad. Un mar salpicado por la calima que desdibuja la costa europea solo un poco más allá, muy cerca, a unos catorce kilómetros, en el horizonte próximo. Y, sin embargo, allí está. El infierno, quiero decir.

Me apeé en la última parada y le compré un helado a un moro que se paseaba con ellos en una nevera portátil, gritando los sabores a pleno pulmón. Me eché al hombro la americana y subí la colina desde la que se divisa toda la ciudad. Me senté en el mismo banco de siempre, cerca de la barandilla. Y esperé.

Los enfermos no tardaron en aparecer. Era su hora de recreo. Sobre las baldosas azulejadas del mirador comenzaron a resonar las pisadas, caóticas y trastabillantes, de una docena de individuos, hombres y mujeres, occidentales todos, de diferente aspecto y edad. Prácticamente ninguno se sostenía en pie o era capaz de caminar en línea recta un par de metros. Algunos enfermeros vestidos de blanco se cuidaban de que ninguno se acercase al pretil, pero era difícil contenerlos. El entusiasmo de unos los hacía correr en círculos. Otros perdían el equilibrio y se daban de bruces contra el suelo. Algunos se cubrían los ojos, cegados por el brillo del sol, y gesticulaban y babeaban, o lloraban. Aunque la mayoría eran jóvenes, había en sus rasgos, en su aspecto más bien, un desaliño que hacía pensar en alimañas. En criaturas y aberraciones de la naturaleza. Busqué entre ellos con cierta ansiedad y al final la vi. Sandrine.

Vestía como siempre, una bata corta casi de colegial y un sombrero blanco calado con un lazo de encaje que ondeaba sobre su pelo rubio y lacio. A esa distancia era imposible distinguir los pliegues en las comisuras de sus ojos, el surco nasogeniano a ambos lados de su nariz. Habían pasado más de diez años y aún conservaba el mismo aire infantil de entonces. En aquella parada de monstruos era la única que no se debatía erráticamente, la única que no parecía una peonza febril y fuera de control.

La vi mover la cabeza hacia mí y me erguí sobresaltado. Busqué en el bolsillo y me puse las gafas de sol. No podía reconocerme, lo sabía. No se trataba de eso. Se trataba de otra cosa. Se trataba de estar allí contemplándola, tan cerca y tan lejos a la vez. Era como viajar en el tiempo y ver a un muerto. Así me sentía yo. Como un exhumador de cadáveres. Como un saqueador del pasado.

Me alejé del banco despacio, sacudiéndome las perneras del pantalón y despegando las mangas de la camisa de mis axilas sudorosas. El sol caía a plomo sobre los adoquines. Con cuidado, sorteé a algunos enfermos que se precipitaron hacia mí, sin dejar de mirarla a ella, y me detuve cerca de los enfermeros a encender un cigarrillo. Uno de ellos se acercó.

—¡Aléjese! —me gritó—. ¡No me los ponga nerviosos!

Se echó mano al bolsillo y sacó uno de esos artilugios eléctricos ante cuya sola visión los tarados retrocedieron. Sonreí. El tipo tenía aspecto de estar hasta los huevos de tener que vigilarlos un día sí y otro también.

—Buenas —dije. Chasqueé la lengua mientras sacudía la cabeza con pesar—. Pobre gente, ¿no?

Él me miró con estupor.

—¿Estos? —Escupió al suelo, haciendo que un brillo de lo más repugnante le humedeciese el mentón.

Tendí el paquete de tabaco hacia él, sonriendo un poco más. Tardó unos instantes en reaccionar. No se fiaba, se lo estuvo pensando un momento, pero al final miró el cigarrillo y lo aceptó. Ambos echamos un vistazo al grupo, que nos observaba a distancia con expresión bovina mientras yo sacaba mi encendedor.

—Tienes que ser buena gente, coño —le dije—. Imagino que este es un trabajo vocacional, ¿no, chaval?

Parpadeó un momento, tratando de decidir si le hablaba en serio o si me estaba cachondeando de él.

—No te lo tomes a mal, hombre. Yo mismo, por mi curro, a veces no tengo más remedio que tratar con tarados como estos. Me llamo Suso, quillo. Suso Corbacho. Soy abogado.

Tendí la mano hacia él. Él la miró con reticencia y luego me miró a mí, como si se obligase a sí mismo a no escupirme. Uno de esos tíos duros, vamos. A continuación, se puso el cigarrillo en la boca y me la estrechó.

—Si alguna vez necesitas un abogado, ya sabes. —Saqué una tarjeta y se la di—. Vamos, no seas desconfiado, coño, cógela. Uno no sabe cuándo va a necesitar una ayudita legal.

Pareció confuso. Aún no había decidido si yo estaba tan loco como esos pobres idiotas o qué.

—¿Por qué siempre los traéis aquí, carajo?

—Psss —contestó al fin. Se volvió hacia los enfermos con una mirada cansada y cruel—. Un sitio u otro, qué más da. Si no se enteran de na. Los traemos para que hagan ejercicio, no salen mucho. La mayoría se orina encima de la excitación. Algunos se esconden y se la cascan hasta que tenemos que llevárnoslos a rastras... Son de lo que no hay —sentenció mirando la punta de su cigarrillo—. El otro día...

—¿Qué hay de la chica? —lo interrumpí—. Háblame de ella.

—¿Qué chica?

—Esa, coño —dije señalando con la cabeza a Sandrine.

Se giró y arrugó la frente con incredulidad.

—¿Esa? —Me miró y volvió a mirarla a ella, y luego se echó a reír—. Ese callo lleva aquí más años que yo.

Puede decirse que mi mirada lo traspasó.

—Lo siento —dijo—. ¿Es usted algún familiar?

Le conté parte de la historia. Tal vez un poco más adornada. Quizá hubo un detalle o dos que exageré. No sé si me escuchaba o si simplemente se sentía obligado a permanecer allí, tragándose aquel culebrón. Cuando acabé, me levanté del banco y volví a tenderle la mano. Contemplándome con lástima, me la estrechó.

—Coño, perdone, yo no sabía...

Le hice un gesto de disculpa y dejó de hablar. Tres o cuatro tarados se nos acercaron. El tío se llevó los dedos al bolsillo y los dejó allí, acariciando el arma. Desde luego, quería hacerlo, pero no lo hizo. Seguramente lo había hecho muchas veces.

El cielo era tan inmensamente azul cuando levanté la vista para mirarlo que parecía casi blanco. Bajo su protección, pensé, Sandrine quedaba a salvo. Le lancé un beso al aire que sobrevoló su cabello, la cinta de su sombrero, y me alejé.

4

El Al-Ándalus no tenía hora de cerrar. Me acodé en la barra y pedí un Soberano. El chico me puso delante un plato de cacahuetes que me revolvió el estómago en cuanto lo vi y tuve que arrojar bajo la barra. Enseguida apareció la Lola, que se acodó a mi lado en el mostrador.

—El señor abogado —dijo.

—¿Qué hay, Lola?

—Muy temprano te veo hoy. ¿Qué andas buscando?

Le dije que no andaba buscando nada, que simplemente estaba allí.

—Pensé que estarías buscando al Ginés, qué raro.

—¿Qué es lo que te parece tan raro, mujer?

—Que normalmente es el pobre viejo el que te anda buscando a ti.

Le pregunté si lo había visto.

—Anoche durmió aquí.

—Sí, me lo ha dicho tu tío.

—¿Y te ha dicho también el Gamba con quién durmió?

—No. Eso no me lo ha dicho. ¿Con quién durmió?

—Con una mujer. Grande. Rubia. Un callo. No me extrañaría nada que fuese un julandrón.

¿Ginés y un julandrón?

—Menuda gilipollez —le dije.

—¿Por qué? ¿No es un poco maricón?

Hice una mueca.

—Tú lo sabrás, hombre —dijo ella, encantada de cachondearse de mí—. Vive contigo, ¿sí o qué?

—Vivía. Ya no.

—Pena, hombre. Se os veía tan bien avenidos.

—No seas sarcástica, mujer —dije, dándole una palmada en el culo.

Eso la animó.

—Si no tienes na que hacer, Suso... El Charlie no está.

Sus ojos grandes y marrones me miraron como si se le fuesen a salir del rostro.

—¿Y el otro? Ese con el que andas. Sí, coño, que te he visto yo con él. Un gitano muy grande. Y muy feo. Todo lleno de músculos.

—¿Ese? Ese no es más que un primo mío, Suso. Te lo juro por Dios.

—Anda que tu marido tiene que estar contento contigo, hija —dije apurándome el Soberano.

—Al Charlie eso le da igual. Si el Charlie es más bueno que el pan.

Subimos a su cuarto. No nos llevó mucho tiempo.

Un par de horas más tarde subía las escaleras de casa como un hombre de cincuenta años, renegando, cargando el cuerpo hacia delante y profiriendo gemidos a cada paso. Del piso de la señora Tarik salía un olor a guiso que se confundió con la aromática mezcla habitual a friegasuelos, a matabichos, a coliflor. Había empezado a subir el siguiente tramo de escaleras cuando oí un crujido detrás de mí y la puerta de la señora Tarik se abrió un poco.

Me detuve y suspiré.

—Menudo escándalo el de la otra noche —gritó hacia lo alto—. No me dejaron dormir.

Me volví. La señora Tarik, mi casera, estaba parada en el umbral. Tenía medio cuerpo dentro de la casa y medio fuera. Iba ataviada con su delantal de costumbre y sus chinelas. Me miró con expresión curiosa y remilgada a la vez.

—Buenas, señora Tarik —le dije.

—Sonaba como si se viniera el techo abajo —dijo ella, apretándose el vientre por encima del delantal—. Por no hablar de los gritos... Mi marido y yo nos preguntamos de dónde vendrían.

—¿Y de dónde venían?

—De su casa.

—¿De mi casa, dice? —Puse cara de asombro—. Pues sí que es raro, no sé qué decirle. Hala, señora Tarik, hasta otro día.

Ella dio un paso fuera del umbral.

—A lo mejor gritaba su tío, el señor Ginés.

—¿El Ginés? No, mujer, no. Además, el Ginés ya no vive aquí.

—¿Ah, no?

—A lo mejor su marido y usted oyeron esos gritos en la televisión —dije, subiendo un peldaño.

La señora Tarik salió al descansillo y elevó la voz hacia mí.

—O a lo mejor fue esa gitana que viene a veces a verlo.

—¿Quién? ¿La Lola?

—Esa —dijo con una mueca de repugnancia.

De vez en cuando, la señora Tarik subía a mi piso a limpiar. Le gustaba abrir la puerta con su llave, sin llamar, y a veces se encontraba allí con lo que no se tenía que encontrar.

Enseguida se arrepintió de haberme hablado así y dio un paso atrás.

—Que no digo yo que fuera ella, ¿eh?

—Voy a dormir un rato, señora Tarik, que estoy reventao. Hoy he tenido un caso muy difícil en el tribunal.

—¿Quiere que le suba algo de comer? —se apresuró a preguntar—. Acabo de preparar una gallina para mi marido y para mí.

En ese momento, caí en la cuenta de que no había comido aún. Desde que el Ginés se había ido, no había hecho una sola comida decente. Me pasaba el día tumbado en la cama, fumando petas y viendo girar las aspas del ventilador, con la camiseta empapada en sudor. El verano hace estragos en esta ciudad. Quien haya tenido una camiseta amarillenta y costrosa, una de esas que no te quitas nunca, ni para lavarla, me entenderá.

—Se lo agradezco, señora Tarik —dije, con una mano en la barandilla—, pero con este calor se le quitan a uno hasta las ganas de comer.

En mi piso me recibió la mezcolanza de olores de siempre. Cerré las ventanas. Aunque me asfixiara, lo prefería a aquella fetidez. Los jodidos patios de luces, que la gente confunde con vertederos. Entré en la cocina y cogí una cerveza. Hinqué la chapa contra la encimera, allí donde las marcas de otras chapas habían desportillado la superficie, le di un golpe y bebí. Estaba caliente. Escupí en el fregadero y le di una patada al frigorífico, que se sacudió con un estertor.

Me dejé caer en el sofá. Hacía un calor de la hostia. Me froté los párpados y cuando los replegué, me di de bruces con la vieja fotografía familiar y con sus personajes observándome desde el interior del marco de plata del aparador. No sé por qué seguía teniendo esa fotografía allí, con todos los colores virados al rosa y el cristal velado de tanto darle con el Cristasol. Ninguno de los que salíamos en ella mirábamos a la cámara directamente. Mi padre, como siempre, oteaba el horizonte con su aire de superioridad. Mi madre me miraba a mí y yo la miraba a ella. Y el Ginés... El Ginés parecía un bicho raro entre nosotros tres, un tío feliz que reía como si al otro lado del objetivo hubiera un ejército de payasos.

Le di un trago a la cerveza, que fue como darle un trago a un buche de pis, y eructé.

Me encendí un peta. Puse el televisor, un viejo modelo de Telefunken con más años que Matusalén, como todo lo demás en el piso. Pero qué más me daba a mí. Me hubiera importado lo mismo de haber vivido en el Taj Mahal. El lujo no estaba hecho para mí. O yo para él. Prefería los tapetes de ganchillo a las soplapolleces de Ikea. Y un poco de mierda aquí y allá.

Descansé la cabeza en el respaldo del sofá y cerré los ojos. El peta empezó a hacerme efecto y vi a un par de conejitas de la Warner quitándose el sujetador. Vi mi mano moviéndose hacia la bragueta de los pantalones, pero en su recorrido el dibujo se desvaneció y me trasladé a otro tiempo y a otro lugar. Estaba otra vez en el centro. Unos cuantos enfermeros me daban de comer a hostia limpia mientras otro me sujetaba las manos por detrás. La sopa me resbalaba por el cuello, los fideos y las tajadas de pollo se me enredaban entre los matojos de vello del pecho. Cuatro o cinco toxicómanos vinieron hacia mí. Mientras me los apartaba a hostias, uno de ellos se abrió paso entre los demás. Era Sandrine. Quería fumar. Saqué tabaco de algún sitio y le di. Su pelo brillaba como el trigo en verano, un pelo rubio, liso, como el de las pijas de los anuncios de champú. Parecía una hippie. Una drogadicta es lo que era. Una yonqui, igual que yo.

El peta estaba haciendo su efecto a base de bien, porque ahora el que apareció frente a mí fue el psicólogo del centro.

—¿Qué te ocurre, Suso? ¿Por qué lloras?

—No lo sé.

—Esa chica no es de tu clase, pero es buena. —Sacudió la cabeza y movió delante de mi cara un dedo acusador—. Está embarazada. Va a ser madre, joder.

Abrí los ojos de golpe.

Estaba sonando el teléfono. Lo descolgué de mala hostia y contesté. Era de la tintorería. Tenía mi traje limpio y preparado desde el día anterior. ¿Cuándo iba a ir a por él? Le dije al chino que pasaría más tarde.

—*Venil plonto.*

—Que sí, hostia.

Colgué. No sabía por qué había llevado el traje a limpiar. Era el traje con el que acudía al tribunal, y dado el tiempo que llevaba sin pisar un tribunal, no podía estar muy sucio.

5

El Califa me había dado una dirección en las afueras de la ciudad. Cogí una camioneta y me senté en un asiento del fondo. Apestaba. Todas las ventanillas iban cerradas a pesar del calor. De cualquier modo, nadie hubiera podido abrirlas de la cantidad de grasa que acumulaban.

Ceuta. Todo el mundo ha oído hablar de Ceuta. La orilla africana del estrecho de Gibraltar. Bañada por las aguas del Mediterráneo... Y bla, bla, bla... Es una mierda.

Vi pasar la fortaleza del Hacho agarrada a la ladera de la montaña, y el baluarte de la Tenaza y su Pastel. Vi pasar la valla y la fila de gente esperando al sol. La paciencia de unos cuantos mueve el mundo, pensé. También se me ocurrió que la luz africana tenía un matiz pornográfico. No era extraño que hubiera sido el hogar de tantos artistas, escritores y degenerados. Cuando llegué a mi destino estaba mareado.

Encontré al Pespá entrenando en un gimnasio al final del Morro. No tendría más de treinta años, flaco como un palillo y con el pelo oxigenado cortado a cepillo, y una cabeza apepinada con un ojo a cada lado. Era verdad que se parecía a un pez espada.

Me presenté como Suso Corbacho, abogado. El chico me miró frunciendo el ceño, como si le hubiera dicho que era el ayatolá. Se quitó los guantes, atrapándolos entre las axilas y los brazos, y se secó la frente con una toalla vieja tan fina como papel de fumar. Le pregunté si no habría allí algún lugar donde poder hablar tranquilamente.

—Vengo de parte del Califa —me expliqué.

Colgó los guantes de un extintor y me estudió reticente, pero solo al principio. A continuación, su boca se desplegó, se secó las manos en la toalla y me dirigió una sonrisa infantil.

—¿Lo envía él?

—Que sí, hombre —dije yo alegremente—. El viejo está preocupado por ti.

—Vamos a la sauna —dijo decidido, y echó a andar delante de mí.

El gimnasio era un cuchitril, pero en aquel cubículo que decía que era una sauna no cabíamos más que nosotros dos. Había una minúscula grada pegada a la pared y una bombilla tan desnuda como todo lo demás. Sentí agobio en cuanto la puerta se cerró detrás de nosotros.

Me quité la americana, me aflojé el cuello de la camisa y me remangué. El chico echó un cazo de agua en una especie de parrilla con unas cuantas piedras que se pusieron a echar humo y a crepitar, y se sentó. Hacía tanto calor que apenas se podía respirar. Me entró una prisa de la hostia por salir de allí.

—Esto es un puto infierno —dije.

—A lo mejor usted debería desnudarse.

Eso no sería necesario, respondí. Entonces quise saber quién lo sangraba.

El Pespá dejó caer la espalda contra la pared.

—No es asunto suyo —anunció.

—Hombre, no te pongas así —dije yo, sentándome también—. Pagar un chantaje es prolongarlo.

—Me lo puedo permitir.

—Seguro. Pero ¿por cuánto tiempo?

Volvió la cara hacia mí, un ojo apuntando a Tarifa y otro a Senegal. Apenas podía distinguir sus facciones entre los jirones de vapor, pero hubiera jurado que estaba a punto de echarse a llorar.

—Si me dices de quién se trata, yo podría hablar con él.

Pasó más de un minuto antes de que se decidiera a contestar. Miró al suelo. Hurgó con el pie en un chicle reseco que había allí pegado y vaciló.

—No lo sé —dijo al fin.

—¿Que no lo sabes?

—Giro el dinero a un apartado de correos distinto cada mes.

—Cuánto.

—Dos mil.

—¡Virgen santa!

No me imaginaba qué habría hecho quince años antes, si por entonces no podía ser más que un chaval, para que lo presionaran así.

Se lo pregunté.

Él volvió una mirada perruna y avergonzada hacia mí.

—Me crie en un pueblo de Cádiz, cerca de Chiclana —dijo—. Cuando tenía quince años me fui a trabajar a la capital. A un sitio que llamaban el Gadir. Venían tíos importantes.

—Ah, pues muy bien, chaval. Fuiste chapero. ¿Y qué?

—Nos hacían fotos.

—¿Os hacían fotos?

—Antes de que lo cerraran, yo me llevé unas pocas.

—¿Unas pocas? ¿Y cómo coño las conseguiste tú?

—Las conseguí.

—¿Cómo?

—No soy tan pasmao como cree usté.

—No me digas. Una caja de sorpresas es lo que eres tú, me parece a mí. Vamos a ver, quillo, ¿cómo crees que les han llegado a ellos esas fotos?

—¿A quiénes?

—¿A quiénes va a ser, joé? A los que te sangran.

—Mi mujer dice que han entrado en casa.

Me desabroché la camisa a la altura del pecho y dejé que un poco de aire penetrase en su interior.

—¿Cuánto tiempo llevas pagando?

—Cuatro meses.

Eso hacía un montón de dinero.

—Y no tienes ni idea de quién puede ser, ¿no?

Frunció el ceño a la vez que sacaba el labio inferior, la viva imagen de un escolar pillado en falta, culpable y obstinado a la vez. Se llevó el dedo índice al pezón izquierdo y comenzó a rascárselo con fruición.

—El Califa dice que la mafia gaditana podría estar detrás.

—¿La mafia gaditana? ¿Qué coño de mafia gaditana?

—Dice que esas fotos son peligrosas.

—¿Ah, sí?

—Que podrían joderme la carrera antes de empezar.

—Conque la carrera. Eso dice, ¿eh? ¿Las ha visto?

—Sí.

—¿Cuántas se llevaron?

—No lo sé. Una o dos.

—¿Cuántas más hay?

—Qué sé yo.

—¡Joder, chaval! ¿No sabes nada o qué?

—Se llevaron unas que tenía en papel. Las demás las tengo en un pincho.

—¿En un pincho? ¿Qué carajo es eso de un pincho?

—Un pendrive, joé. ¿No sabe lo que es? —dijo con satisfacción.

Me dieron ganas de arrearle una hostia, pero me las comí.

—¿Te has asegurado de que no se han llevado también el puto pen?

—Sí.

—¿Seguro? ¿Lo has mirado?

Casi ofendido, exclamó:

—¡Que sí, carajo! La Sagra lo comprobó.

—¿La Sagra?

—Mi mujer.

—¿Y te fías de ella?

Levantó la cabeza como un ave rapaz. El cuello se le tensó y se le estrecharon las aletas de la nariz.

—¿Qué insinúa? —preguntó.

Lo que insinuaba era justamente eso, que si se fiaba de su mujer. Pero tuve la impresión de que si se lo explicaba, el muy gilipollas me iba a fostiar. Y aunque no tuviera media hostia, tendría que defenderme, lo que en aquellas circunstancias, dentro de aquel cuchitril, sería aún peor.

—Hay que joderse... —dije, poniéndome de pie—. Bueno, anda, dime dónde tienes ese puto pen.

Apenas distinguía su cara envuelta en el vapor de la sauna. El Pespá estaba mirando el suelo otra vez. Me pareció que lloraba.

—¿Qué te pasa, quillo? —le pregunté—. Venga ya, coño, que aquí hace mucho calor.

No contestó. Empezó a cabrearme tanta gilipollez. Sentía que me ardía la piel, lo que me producía una sensación de mareo, de náusea. Iba a abrir ya la puerta para salir cuando alguien la empujó. Me dio de lleno en la nariz. Por un momento, perdí el equilibrio y estuve a punto de caer. Me recompuse lo bastante como para encararme con el que había entrado así, pero no tuve tiempo de decirle nada porque el tipo estaba saliendo ya. Volvió la cabeza para echar un último vistazo, y entonces vi que se trataba del rumano.

—Me cago en la...

Pero el tal Mircha ya había desaparecido.

—Será capullo... —dije volviéndome al Pespá.

El Pespá no me contestó. Estaba tendido en la grada, sangrando y respirando con dificultad.

6

El gitano permaneció consciente unos minutos antes de entrar en coma en la ambulancia que lo condujo al hospital. Lo justo para responder negativamente cuando la policía le preguntó si había sido yo el que le había dado el navajazo. No, no había sido yo. ¿Llegó a ver a quien lo hizo? No, no había visto al rumano. Probablemente, ni siquiera supiera que se trataba de un matón del Califa.

El Califa. Ese majarón.

Me fui en su busca en cuanto la policía me dejó. ¿A qué había venido el numerito de la sauna? Si ese cabrón del Cuco estaba intentando escarmentarme por lo de la última timba a través del viejo... lo iba a lamentar. Pero se me ocurrió que quizá no fuera eso. Mi padre y el Califa habían sido socios tiempo atrás y no habían acabado muy bien. A lo mejor el Califa estaba tratando de joderlo a través de mí.

Llegué a su oficina cuando el calor apretaba más. Una mezcolanza de sintonías televisivas y ruido de platos y cubiertos al entrechocar salía por las ventanas abiertas al exterior. El comienzo del verano resulta siempre asqueroso en esta ciudad, pero ese año lo estaba siendo aún más. El aire olía como un nido de mendigos a primera hora de la tarde. Las calles de todo Ceuta olían mal. A meado, a hígado de cerdo podrido, a basura en descomposición. Odiaba la ciudad con una devoción tranquila, paciente. Presentía que pronto me largaría de allí.

La oficina del Califa estaba cerrada. Toqué el timbre. Pegué la oreja a la puerta y me quedé escuchando hasta dejar sobre ella un cerco de sudor. No se oía el menor ruido en el interior. Parecía como si allí no hubiera habitado nadie desde hacía un siglo.

Me fui a casa y llamé al despacho de mi padre. No estaba y hablé con la Palo, su secretaria.

—Hola, Suso.

—Hola, guapa. Me tienes que hacer un favor.

—Tú dirás, zalamero.

—Venga, mujer, no seas así. ¿La salud bien? ¿El chiquillo?

—La salud y el chiquillo bien —contestó—. Pero a mí me han tirado en Procesal. Un año más.

La Palo se estaba sacando Derecho mientras trabajaba para mantener a un chiquillo que ni siquiera era de ella, sino de una hermana suya que estaba cumpliendo condena por posesión.

—Palo, coño, que es muy jodida la carrera, sí, pero no me lloriquees. Tú puedes con eso y con mucho más.

—Tú sí que sabes consolar, Suso, no sé por qué me gasto el dinero en un psicólogo. A ver, qué quieres, hijo, dilo ya.

—Mira a ver si puedes conseguir la nota simple de un garito que se llama Gadir.

—Gadir —la oí repetir mientras garabateaba en un papel—. ¿Dónde está?

—En Cádiz.

—Dame la dirección.

—No la sé.

—Mira el otro...

—Quilla, cúrratelo, mujer.

Hizo una mueca casi audible.

—¿Me estás tomando el pelo? ¿Te crees que esto es una agencia de detectives o qué?

La dejé protestando.

Se había ido la luz y tuve que ducharme y afeitarme en la oscuridad. Envuelto en la penumbra, me contemplé en el espejo. Mi aspecto era lamentable. Tenía ojeras, el pelo largo y las patillas como el canal de Suez. La úlcera volvía a molestarme y llevaba varios días sin dormir. El mismísimo retrato de Dorian Gray.

Me preparé un buen desayuno y lo engullí sin apenas masticar. Ese día tenía mi sesión de terapia semanal con el doctor, y no quería presentarme con mal aspecto ante él. ¿Por qué no sería yo como todo el mundo?, me pregunté. ¿Por qué no tendría una vida normal? Un perro. Una mujer. Ocho horas por delante en un despacho. Unos hijos. Vi que estaba sangrando y me aparté el tenedor de la boca. Joder, me lo había clavado. Fui al lavabo y me limpié.

Sonó el teléfono. Era de la tintorería. Aún seguían esperando a que fuera a recoger mi traje. ¿Cuándo demonios pensaba ir a por él? Le dije al chino que se fuera a tomar por culo y colgué.

El teléfono volvió a sonar, pero en esa ocasión no era el chino quien llamaba, sino el Gamba, el tío de Lola. Me dijo que el Ginés estaba otra vez en el Al-Ándalus.

—El muy cabrón tiene un cuelgue de cojones —protestó—. Como a ese le dé por morirse en mi local me cago en to.

—Cálmate, Gamba.

—¿Que me calme? Cálmate tú, Suso, hostia.

Dijo que como no fuera inmediatamente a llevármelo de allí, iba a llamar a la policía.

—Ya voy, Gamba, no te cabrees, hombre.

Cuando llegué al Al-Ándalus, el Ginés se había marchado ya. Me tomé una caña y media ración de croquetas con el Gamba.

—Ese hombre está mu mal —me reprochó—. Tu tío va a acabar jodido como no hagáis algo con él. ¿Cómo lo dejáis andar de esa manera por ahí?

—¿A mí qué me cuentas, Gamba? Yo no soy su madre, carajo.

Echamos un cigarrillo y le pregunté por la Lola.

—¡Dejar en paz a la Lola, cago en la hostia! —gritó, mientras me servía un Soberano, de mal humor—. Anda que no hay por ahí tías con las que follar. ¡Tú, Zulaima! —Le hizo una seña a una de las chicas, que se levantó de la mesa donde estaba comiendo junto a otras dos—. ¡Ven p'acá!

—Déjala, coño —le dije—. Déjala que coma tranquila. Solo te he preguntao por la Lola. Na más.

—Le vais a buscar un problema, joder. Porque el Charlie es un bendito, que si no... Y hablando de benditos. A tu tío no quiero verlo más por aquí, ¿me oyes? Como vuelva, llamo a los Servicios Sociales.

—Gamba, joé.

Me terminé el Soberano y me largué. Fuera, en el aparcamiento, la Lola se estaba pegando el lote con «su primo» en la parte de atrás de un Peugeot.

—La muy puta... —dije para mí.

7

—Usted tenía que haberlo visto cuando era joven —le expliqué más tarde al doctor—. Mi tío tocaba, ¿sabe? La guitarra. Tenían un grupo allí en la península. En la Línea de la Concepción.

El doctor no contestó, nunca contestaba. Era un hombrecillo triste que carecía del más elemental sentido del humor. Apenas hablaba. Tenía mucha imaginación, eso sí; era capaz de ver complejos procesos mentales donde solo había fastidio o un aburrimiento mortal. Llevaba visitándolo más de diez años, desde que salí del centro por última vez. Diez años contándole las mismas historias, hablándole de los mismos sueños. Se me hacía difícil creer que aún pudiera seguir sacando algo de ellos, pero me daba lástima. Si yo no le contaba esas cosas al doctor, ¿de qué iba a vivir él? ¿De qué iban a vivir todos los loqueros como él si en el mundo dejaban de existir los tipos como yo?

—Continúe —dijo—. Siga hablando de él.

—Es un bastardo. Como yo, doctor. Resulta que el pobre desgraciado me gusta solo por eso, ya ve. Apareció en casa cuando mi madre murió. La policía lo buscaba en Cádiz, por traficar, y se vino para acá. Siempre ha sido un desgraciado, no tiene suerte. Mi abuelo lo recogió con diez años y lo crio como a un hijo. Porque lo era, doctor, ¿se imagina? Suyo y de una prostituta que murió de difteria tras una pelea en la que recibió un navajazo. Y ya sabe cómo es mi padre con esa clase de cosas: odia a los bastardos. Nunca le ha hecho olvidar al Ginés lo que es. Igual que a mí.

El doctor carraspeó. Dejó de garabatear.

—Coño, doctor, usted sabe eso desde hace años. Lo sabe tan bien como yo.

—¿Por qué cree usted que no es hijo de su padre?

Me eché a reír. La cosa no tenía ninguna gracia, pero me había acostumbrado a reaccionar así, con sarcasmo. Que por qué lo sabía, preguntaba el doctor. En primer lugar, es difícil no oír lo que se dice en la habitación de al lado cuando, en mitad de la noche, te despiertan las voces de una acalorada discusión. Más difícil aún ignorar que esas voces hablan de ti. Y que quienes las profieren son tus padres. Tus queridísimos padres. O eso, hasta entonces, habías creído tú.

—Lo sé y punto —le dije al doctor—. ¿Puedo fumar? —pregunté.

Saqué el paquete de tabaco del bolsillo y le ofrecí uno a él.

—Ya sabe que no —dijo el doctor—. Hábleme de su madre.

Sonreí. Ya me esperaba que me preguntase por ella a continuación.

—Mi madre, mi madre... Mi madre era una mujer guapa, doctor —le dije—. Guapa guapa. De buena familia. Mucho más joven que mi padre. —Me reí, devolviendo el tabaco a mi bolsillo—. Me figuro que cuando se conocieron ya estaba embarazada. Una niña bien como ella, imagínese, doctor. Y ese cabrón se lo hizo pagar. Y a mí.

—¿Se refiere a su padre?

—Naturalmente que me refiero a él.

—Su padre es un hombre tradicional —dijo el doctor. Hacía rato que había dejado de escribir—. Quiero decir que si aquellas habladurías ponían en entredicho su, digamos, respetabilidad..., es natural que él...

—¿La matara, doctor?

—Suso, su madre murió de cáncer.

—De los disgustos, doctor. De la vida que le dio. Mi padre debería estar en la cárcel.

—¿Por qué dice eso?

—Porque es verdad, doctor. Mi padre es un sinvergüenza. ¿Sabe por qué tuvimos que venirnos de Cádiz? ¿Sabe por qué? Por su culpa. ¿Se acuerda del accidente del parque de atracciones de Jerez? ¿En el año 2008? Murieron tres personas. Tres chavalines, doctor. Mi padre no fue procesado, se libró de ir a prisión. Pero su socio no. Ese estuvo tres años a la sombra. ¡Nos sacó a toda prisa de Jerez, doctor! ¡Nos obligó a vivir aquí, en el puto culo del mundo! Mi madre nunca lo superó. Echaba de menos su tierra, a su familia. Y yo también, coño, que era solo un chaval. Dejé a todos mis colegas allí. No hablaba moraco ni francés.

—Pero usted estudió aquí, en la universidad.

—Y solo Dios sabe cómo lo conseguí. Un pedazo de yonqui como yo. A la fuerza. Acabé aprendiendo a la fuerza, coño. Como acabé aprendiendo una montonera de cosas más trabajando para él. Cosas buenas buenas, doctor. Como amañar contratos, por ejemplo. O conseguir licencias a golpe de talonario.

—Tal vez sea exagerado culpar a su padre de todo eso —dijo el doctor.

—No lo es. Es un criminal. Y un hijo de puta. Y mató a mi madre.

A través de la ventana recordé a mi madre recostada en la tumbona del jardín. Yo estaba en mi habitación, repasando las fotos a todo color de una revista: un motor de cuatro tiempos, una bomba de agua, una biela. Cuando mi madre se incorporó en la tumbona, dejé la revista encima de la cama y bajé. Descendí los escalones de dos en dos. Salí al porche. Y justo cuando iba a echar a andar hacia ella, lo vi a él.

Mi padre se le acercó por detrás. Cuando la tuvo delante la tomó por los hombros, que por alguna razón habían empezado a sacudirse, y los sostuvo, impidiendo que mi madre se volviera. Después, lentamente, fue desplazando las manos por el cuello y las dejó allí, un tiempo que no puedo precisar, mientras mi madre continuaba inmóvil, de espaldas a él. Un instante después, un estremecimiento la sacudió y a continuación se desplomó sobre la tumbona otra vez. No dijo nada. No profirió sonido alguno.

El doctor guardó silencio y después dijo:

—¿Qué se ha quedado pensando, Suso?

—¿Qué me he quedado pensando? —Cambié de postura en el diván. En realidad no era un diván, sino una cama mal cubierta por una raída colcha de ganchillo que la esposa del doctor estiraba entre paciente y paciente, y con un cojín que hacía las veces de almohadón—. No sé qué coño me he quedado pensando, doctor. Le diré lo que no pienso. No pienso que vaya a sentir nunca simpatía por él, doctor. Ni compasión. Estoy deseando que se haga viejo, coño. Que se le caigan los dientes. Que le duela al mear. Pienso reírme a conciencia.

El doctor sonrió. Era una peculiaridad suya que me caía la mar de bien. Esa forma cortés de reaccionar ante la declaración más monstruosa. La misma con la que Hitler debió de acoger la propuesta de la solución final.

—¿Qué piensa, doctor? ¿Cree usted que estoy para encerrarme, sí o qué? ¿Cree que debería volver al centro o a alguna otra institución similar?

El doctor suspiró, como si mis palabras fueran el final de una opereta que resonara en un teatro vacío.

—Creo que está muy nervioso, Suso —dijo—. ¿Cómo se ha hecho eso?

—El qué.

—Lo de la boca.

—¿Esto?

Me revolví incómodo. Le conté que me había cortado afeitándome, algo sobre una maquinilla estropeada y unas hojas de afeitar.

El doctor se limitó a recordarme quién era yo, un extoxicómano que no podía dar la espalda a su problema. Un problema que podía reaparecer.

—Que ahora esté bien no quiere decir que esté curado.

Mientras nos dirigíamos a la puerta, añadió:

—Tenga mucho ojo, Suso.

8

Me desperté envuelto en sudor. Había soñado con el Pelopo. El Pelopo era un amigo mío de Barbate. El padre era pescador y no tenía madre. En Barbate, mi familia tenía una casa adonde cada año íbamos a veranear. El Pelopo me envidiaba porque cuando acababan las vacaciones yo regresaba a Jerez, mientras que él no tenía más remedio que quedarse allí, pescando con el padre en aquel puto pueblo de mierda. Sin embargo, durante las vacaciones el jefe era él. Él mandaba y yo obedecía. Me trataba como a un perro. Aun así, yo lo seguía a todas partes. El Pelopo se burlaba de mí todo el tiempo, el muy cabrón. Pero cuanto más cabrón era él, más lo admiraba yo.

Una mañana temprano salimos a pescar. El pueblo donde vivía el Pelopo era pobre y pequeño, pero estaba a pocos kilómetros de Barbate, por lo que durante el verano triplicaba su población. Para poder coger una barca sin que nadie nos viera había que madrugar. Por supuesto, el Pelopo no tenía intención de pescar. Cuando nos hubimos apartado un kilómetro y medio de la costa, el muy cabrón se encendió un peta. Fumaba contemplando el horizonte, con los ojos entrecerrados, como un actor de cine, sin compartir. Antes de acabárselo, se quitó la camiseta y se zambulló en el mar. Mientras él nadaba alrededor de la barca, yo recuperé el peta y me lo acabé. Veía al Pelopo flotando de espaldas en el agua, ignorándome por completo, como un dios. Quise hacerme el importante y cogí los anzuelos de su cesta y los eché al agua. Nunca lo había hecho. No tenía ni puta idea de lo que estaba haciendo, lo único que quería era llamar su atención.

El Pelopo ni siquiera se inmutó. Durante unos segundos no pasó nada. Algunos anzuelos salieron a la superficie y se quedaron allí, flotando y balanceándose en el mar. Estaba mirándolos cuando vi la cabeza negra y rizada del Pelopo desaparecer repentinamente en el mar. El agua tenía a esa hora, justo antes del amanecer, un color tan compacto que no se veía el resto de su cuerpo. El Pelopo emergió un instante después. Vi cómo estiraba el cuello y los brazos, como si quisiera salir volando del mar. Entonces empezó a gritar y a dar manotazos haciendo burbujear la superficie del agua. Y luego desapareció.

Me hice con los remos y remé. Para cuando llegué, ya se había hundido. No había ni rastro de él.

Grité. Oteé el horizonte en busca de ayuda. No había cerca ni una sola embarcación. Aguardé a que el cuerpo me dejara de temblar y remé hasta la orilla. Desde la playa, vi cómo el mar se fue poniendo de color rosa, luego malva y luego azul.

Aún seguía pensando en el Pelopo cuando llamaron a la puerta. Me eché por encima el albornoz y encendí un cigarrillo. Puse la tele en el comedor y fui a abrir. En el umbral, con la ropa hecha un desastre y la barba sin afeitar desde hacía lo menos un mes, apestando a alcohol, estaba el Ginés.

—Pasa —le dije.

Le hice seguirme a la cocina y preparé café.

Llevaba una camiseta de los Ramones y unos pantalones de sarga llenos de bolsillos, rotos en su mayoría, de los que asomaban una botella de Four Roses y un cartón de Swing, algo infame que solo fumaban los marroquíes. Sirvió un poco de bourbon en su taza, sacó el cartón de tabaco y se peleó con el envoltorio sin conseguir retirarlo hasta que, dándose por vencido, renunció a fumar. Se lo arrebaté de las manos y yo mismo lo abrí.

—Me preocupas, Suso —dijo, observándome en silencio.

Me puse un cigarrillo en la boca y lo encendí.

—¿Ah, sí? Pues a mí el que me preocupa eres tú, cabrón.

Ginés sacudió la cabeza.

—Lo pasábamos tan bien, Suso, y ahora esto.

—No lo pasábamos tan bien, hombre —observé—. Nunca lo hemos pasado tan bien. Lo que pasa es que la memoria te falla, Ginés. Es un hecho comprobado que tendemos a recordar solo lo bueno.

Le pasé el cigarrillo. Ginés lo miró con gravedad.

—¿De qué estás hablando, Suso? —dijo sin tocarlo. Abrió los ojos tan desmesuradamente que pareció que se le fueran a salir—. Tu padre está preocupao, hijo. Y ya sabes que cuando él se preocupa me lo hace pagar a mí.

Volví a ponerme el cigarrillo en los labios y fui al dormitorio con mi taza de café. Al cabo de unos segundos, Ginés me siguió. Me observó mientras sacaba del armario una camisa limpia y un pantalón. Abrí la ventana y dejé que el aire entrara en el cuarto. Ginés olía mal.

—No te entiendo —rezongó—. No comprendo por qué te enfrentas a él. Parece mentira que no te hayas dado cuenta aún de cómo es.

—No tengo ni idea de lo que estás farfullando, hombre —le contesté.

Ginés sacudió la cabeza con pesar.

—Mírate —le dije. Apoyé el cigarrillo en el alféizar de la ventana—. No te cuidas nada, Ginés. ¿Y qué es eso que me han dicho de que andas chutándote por ahí, majarón? ¿Tú eres gilipollas o qué?

No contestó. Se puso las gafas y se echó un vistazo en el espejo. No pareció alterarle lo que vio, aunque sí descorazonarlo un poco. Hizo una mueca y la boca se le desdibujó.

—Venga —dijo—. Ponte la chaqueta y vámonos, Suso. Ya sabes que a tu padre no le gusta que lo hagan esperar.

Lo miré con perplejidad. Cogí el cigarrillo de la ventana y después de dar una calada se lo volví a pasar a él. Ginés se lo llevó a la boca. Una maraña de arrugas le cercaba los labios; unas arrugas profundas y sonrosadas en su parte más interna, y apergaminadas y oscuras como las grietas de un zapato viejo en la superficie exterior.

—Hoy no va a poder ser, quillo.

—¿Por qué no?

Le dije que aquella mañana tenía muchas cosas que hacer.

—¿Qué cosas...? —empezó a decir.

—Tengo que recoger mi traje de la tintorería.

—¿Recoger tu...? —Se interrumpió—. ¡Venga, hombre, no me vengas con esas!

—Que sí, coño. Y luego tengo que ir a ver a alguien.

—¿A quién?

—Alguien a quien tú conociste cuando aún...

—¿Al Califa? —me atajó.

Miré al Ginés arrugando los ojos.

—¡Hostia! ¿Cómo lo has adivinado?

—Me lo ha dicho tu padre.

—Tenía que habérmelo figurado. —Me reí.

—¿Qué tienes tú que ver con ese, Suso? —me preguntó—. ¿No sabes que es un rufián?

—Qué remilgado te has vuelto, hombre. ¿Ya no te acuerdas de las buenas migas que hacíais con él mi padre y tú? ¿Allí en Jerez?

—Solo recuerdo lo que le hizo a tu padre —dijo rascándose la cabeza.

—¿Y qué le hizo, vamos a ver?

—¿Cómo puedes preguntar eso? —se sorprendió—. Si por su culpa estuvo a punto de ir a prisión. Todo el mundo pensó que tu padre había...

—La memoria te falla otra vez, Ginés —lo interrumpí—. Fue el desgraciado del Califa el que estuvo en prisión, no mi padre. ¿Ya no te acuerdas, Ginés?

—Sí, hombre, no me voy a acordar. Por su culpa tuvisteis que salir pitando de allí.

—Por su culpa, dice, hay que joderse.

Ginés hizo un gesto de desprecio con la mano.

—No es más que un canalla, Suso. Y tuvo lo que se merecía. Aléjate de él, coño, hazme caso a mí.

Lo miré con conmiseración.

—Me das pena, hombre —dije—. No me extraña que el viejo te desprecie.

Él clavó sus pequeños ojos en mí. Le temblaban levemente los labios.

—No me tratas bien, Suso —se lamentó—. No deberías hablarme así. Ya no soy joven.

Tal vez me había excedido. Le dije que me perdonara, que solo estaba bromeando. Ginés volvió a sonreír.

—¿Nos vamos ya?

No contesté. Me había quitado el albornoz y, sin percatarme de ello, había comenzado a caminar desnudo por la habitación. Ginés se encogió de hombros.

—Tienes que hacer algo con tu vida, Suso —dijo—. Tu padre tiene razón. Él sabe lo que te conviene. Sabe lo que nos conviene a tos. ¿Vas a ir a verle, sí o qué? Está esperando que vayas.

A pesar de lo que me irritaba, me reí. Mientras me ponía la camisa limpia y el pantalón, le dije:

—Bueno, hombre, bueno. Pero hoy no, Ginés, hoy tengo cosas que hacer. Mi padre tendrá que esperar.

—Pero no puede esperar, Suso, ya lo conoces. Tengo que llevarte a casa para que hables con alguien. Un fulano, lo que pasa es que no me acuerdo de quién es. —Se rascó la cabeza—. No lo sé, un fulano de Jerez.

—Ya lo sé, Ginés. Pero entiéndeme, hoy no puede ser. Tengo que ir al hospital.

—¿Al hospital? —se extrañó.

—Sí, al hospital. Se me había olvidado que tengo que visitar a alguien allí.

—Hazlo después.

—Lo haré ahora, Ginés.

Me senté en la cama a abrocharme un zapato, el único que encontré. Él se dejó caer a mi lado, apoyando la nuca en las palmas de las manos, y cerró los ojos.

—Suso, ¿cuándo me vas a dejar volver? —dijo.

—¿Volver? ¿Volver adónde, hombre?

—Aquí, a tu casa. Yo también vivía aquí antes de que me echaras.

—Yo no te eché, Ginés. ¿Es que ya no te acuerdas?

—Me dijiste que no volviera más.

—Porque estamos mejor así, Ginés. Tú viviendo tu vida y yo la mía.

—Pero es que ya no tengo casa.

—Las casas están sobrevaloradas.

—Has cambiado —reflexionó tras un instante. A continuación se puso a toser como un loco, pensé que se iba a ahogar—. ¿Dónde estuviste anoche, Suso? —me preguntó cuando volvió a serenarse.

—¿Anoche? No lo sé.

—Hombre, no puedes haberte olvidado ya. —Se secó la boca con un pañuelo y clavó con insistencia los ojos en mí—. Te lo pregunto porque te estuve esperando en el Prado.

—¿Ah, sí?

—¿Cuándo fue la última vez que fuiste por el Prado, eh, Suso? Estuvo tocando ese tío de Tarifa. Te estuve esperando horas, Suso. Hasta que cerraron.

—Ginés, necesitas darte un buen baño. Y afeitarte. Vuelve a casa de mi padre. Y no te chutes más, hostia.

—¿Dónde estuviste?

—Y yo qué sé.

—¿Sabes? —dijo—. En el Prado no te reconocerían, Suso. A lo mejor ni siquiera te dejaban entrar. —Después de un momento, agregó—: Me voy a casa de tu padre a darme un baño.

Cuando se fue, me puse a buscar el otro zapato, pero sin mucho entusiasmo. Me senté en la cama y miré debajo del colchón. No quería hacerle daño a Ginés. Era por su propio bien que lo hubiera invitado a marcharse de allí, que insistiera tanto en que se apartara de mí una temporada. De haberme conocido mejor, lo habría entendido. Pero el Ginés no me conocía tanto como él pensaba. Nadie me conocía tanto, en realidad.

9

Llegué al hospital un poco antes de las diez. Compré flores en un puesto de la entrada y pregunté por el Pespá en la ventanilla de recepción. Una enfermera me indicó dónde estaba su habitación. Cuando me dirigía al ascensor, gritó hacia mí:

—¡Señor! ¡Eh, oiga!

Regresé sobre mis pasos.

—¿Pasa algo? —le pregunté.

—Que el horario de visitas no empieza hasta las diez.

Consulté mi reloj, aún faltaban diez minutos. Me acodé con las flores en el mostrador y le pregunté a la enfermera si había habido alguna novedad.

—¿A qué se refiere? —dijo con frialdad.

Sonreí con mi mejor sonrisa.

—Pues me refiero a si el chico ha salido ya del coma.

Me estudió con reticencia.

—¿Es usted un familiar?

Le dije que era su abogado. Su expresión cambió de golpe y comenzó a hablarme con amabilidad. Siempre me pasa lo mismo. Me pregunto qué coño tiene de malo mi aspecto, no soy mal parecido. Hablo y me conduzco con corrección. Atribuírselo a mi acento sería absurdo, hay tipos que hablan mucho peor que yo. Tal vez tenga que ver con la razón por la que hago siempre las cosas que hago, con creer siempre que voy por el buen camino y descubrir luego que estaba en un error. Y después, a huir de las consecuencias y vuelta a empezar.

La enfermera consultó un registro y dijo que no, que el Pespá no había despertado aún del coma, que sus constantes vitales eran buenas, pero que seguía igual.

Le di las gracias y subí a la segunda planta del edificio en cuanto dieron las diez.

Según me había informado la enfermera, la habitación del Pespá estaba situada a la derecha del ascensor, al final de un ancho pasillo con ventanas a todo lo largo de la pared por las que, a esa hora de la mañana, entraba a raudales la luz del sol.

Tanto el suelo como la pintura estaban tan descoloridos allí donde el sol caía a plomo que ni las cortinas ni las persianas conseguían disimularlo. En general, el hospital tenía el aspecto de una institución abandonada, como casi todos los edificios públicos de la ciudad.

Me sorprendió no cruzarme con nadie. No es que me preocupara, nadie sabía quién era yo ni por qué estaba allí. Y aunque así fuera, qué tenía de malo. Había ido a visitar a un cliente, eso era todo.

No encontré la habitación. Di una vuelta por el pasillo y regresé. Había un asiento junto al puesto de enfermeras y me senté. Me puse a jugar con el teléfono. No había pasado mucho tiempo cuando llegó la enfermera de planta.

—Usted no puede estar aquí —me exhortó—. Esto es una unidad de cuidados intensivos.

—No se preocupe, enfermera. Solo he venido a preguntar por un cliente, un gitano al que apuñalaron. ¿Cómo se encuentra?

—Ese chico no ha despertado aún del coma —dijo sin mirarme, pasando al otro lado del mostrador, donde descolgó el auricular del teléfono como si fuera un agente de la Gestapo.

—¿Querrá darle estas flores?

—La policía llegará en un momento —dijo haciendo caso omiso—. Será mejor que espere aquí.

Eché un rápido vistazo a mi reloj y me excusé: tenía que marcharme, ya volvería por la tarde. Estaba parado frente al ascensor cuando las puertas se abrieron y una gitana fea con las piernas gordas como botellas y vestida con algo parecido a un traje de buzo salió de él. Supuse que se trataba de la Sagra, la mujer del Pespá.

Me demoré un instante hasta que la vi meterse en una habitación. La enfermera de planta no estaba en su puesto, así que recuperé las flores, que aún seguían encima del mostrador, y me dirigí a la habitación del chico. Toqué en la puerta con los nudillos y entré.

Estaba sola, de pie frente a la cama en la que su marido, blanco como la cera y algo abotargado, yacía con dos tubos de plástico metidos por los agujeros de la nariz. Cuando me oyó, se volvió hacia mí, aún sacudida por el llanto.

—¿Quién es usté? ¿Qué quiere? —me preguntó.

—¿Qué hay, Sagra? Me llamo Suso. Suso Corbacho. Mira, tú no me conoces, pero soy amigo del Pespá. Bueno, tanto como amigo suyo, no. Su abogado.

Me acerqué un poco y la Sagra dio un paso atrás. Le pregunté cómo se encontraba su marido, si había habido alguna novedad. Ella contuvo a duras penas el llanto. Dijo que era imposible saber cuándo se iba a despertar.

Le eché un vistazo al Pespá. Dentro de esa cama tan grande parecía un chiquillo de nueve años, con todos esos tubos y cables saliéndole de todas partes.

—Yo estaba con él en el gimnasio cuando... —No terminé. Mirándola a los ojos, añadí—: ¿Tú sabes quién le ha hecho esto al chaval?

Se agarró a los barrotes de la cama, con los dedos retorcidos, y perdió un poco el equilibrio. La ayudé a sentarse y fui al lavabo a buscarle un vaso de agua, pero lo rechazó. Se cubrió los ojos con el dorso de la mano y miró hacia el otro lado de la habitación.

Me senté junto a ella.

—Siento mucho lo que le ha pasado al Pespá, Sagra, pero tengo que preguntártelo —dije. La agarré por el brazo y la obligué a mirarme. Ella seguía evitándome—. Tú sabes lo de esas fotos, ¿verdad?

Clavó sus ojos llenos de lágrimas en mí.

—¡No sé de qué me está hablando! —dijo con fiereza.

Tal vez lo supiera o tal vez no. Por si acaso, yo insistí.

—Mira, niña —dije, señalando con un gesto al Pespá—. Esos van a volver a intentarlo. Tú sabes que la cosa no se va a quedar así. Con él o contigo. Eso a ellos les da igual.

—No sé de qué me habla usté.

—Te hablo de que, hiciera lo que hiciera, tú querrás seguir conservando limpia la memoria de tu marido, ¿verdad?

Le pregunté por el Califa. Se sorbió los mocos.

—¿Qué pasa con él?

—No lo sé, hija. Dímelo tú. ¿Te habló alguna vez el Pespá de cómo se conocieron el viejo y él?

—¡No!

La sujeté por las muñecas y la obligué a escucharme. Le conté que el Califa no era precisamente el abuelo de Heidi.

—El Pespá me dijo que tenía las fotos en un pendrive —le dije—. Tú no sabrás dónde está, ¿eh, mujer?

Se lanzó a llorar ruidosamente.

—¡No! ¡Yo no sé na! ¡Váyase de aquí de una vez!

Se puso tan histérica y levantó tanto la voz que al cabo de unos minutos un par de policías vinieron a echarme de allí.

Tal vez nadie lo crea, pero lo lamenté.

Volví a cruzar la ciudad y me senté en un banco del parque a ver jugar a los niños. Los niños tienen una curiosa forma de entretenerse que, si uno se fija bien, es tan cruel o más que nuestra propia forma de jodernos. Para ellos, la muerte no tiene un significado especial, distinto de cuanto sucede en sus juegos. Mi padre nunca me dejaba jugar delante de él. Le daba lo mismo que matara cangrejos, que fuera hasta arriba de crac, que falsificara firmas o que pagara por acostarme con putas con tal de que él no se enterase.

Me levanté del banco pasadas las dos, cuando el sol empezaba a quemarme la cabeza sin piedad. Fui a tomar una cerveza. Hacía fresco y se estaba bien, así que la cerveza llevó a otra, y esas a otras más.

Me acerqué al Al-Ándalus. María Zulaima se sentó conmigo y luego subimos a una habitación. Pasé la tarde allí. Más tarde ella se bajó a hacer la barra y yo me quedé tumbado en la cama un rato más, mirando las telarañas del techo y preguntándome dónde se habría metido el Califa y por qué no me había devuelto las llamadas el muy cabrón.

Llegué a casa pasadas las diez. No subí inmediatamente. Me quedé un rato a oscuras en el portal fumando un cigarrillo. A través de la puerta acristalada veía afuera la calle en penumbra, la acacia del jardín, con las ramas meciéndose suavemente en la noche, y una fina línea de acera que acababa bajo la luz del farol. Estaba cansado. Parpadeé y me froté los ojos.

Cuando volví a abrirlos, lo vi. El Cuco estaba parado justo delante del portal. Apareció un momento y desapareció de nuevo bajo el cono de luz del farol. Tiré al suelo el cigarrillo y lo aplasté con el pie para que no pudiera localizarme. Al instante siguiente, el gitano estaba otra vez allí, haciendo muecas delante de mí al otro lado del cristal. La luz de fuera y la oscuridad de dentro le impedían verme. Hizo pantalla con la mano y escudriñó las sombras. Reculé hacia el fondo del portal. El Cuco forcejeó un rato con el picaporte de la puerta, y esta cedió. Me vio enseguida. No había nada que yo pudiera hacer.

—Cuco, no tienes media hostia, coño —le dije—. No quiero zumbarte, joder.

Se me vino encima sin mediar palabra. No tuve más remedio que hundirle el puño en el estómago. Cayó al suelo como un fardo.

—No digas que no te lo he advertido, mamón.

Seguía gimiendo cuando me alejé.

10

Me levanté con el puño dolorido. Llamé al hospital y pregunté por el Pespá. Me dijeron que el chico ya se había despertado, pero que seguía en observación.

A continuación fui a verlo a él.

Llevaba más de una hora esperándolo en la calle cuando el Califa apareció. Venía fatigado a causa del calor, ayudándose de una muleta. Al verme, su rostro, ya deformado por el esfuerzo, se descompuso aún más.

—Aparta, quillo —jadeó—. Déjame entrar en el portal, este calor va a matarme.

Lo dejé entrar. Dentro dio unas cuantas bocanadas, se pasó un pañuelo por la cara y cogimos el ascensor. Una vez en su despacho, tomó asiento y dejó de resoplar.

—Supongo que te habrás enterado de lo que le ha pasado al Pespá —dijo, sacudiendo la cabeza con pesar—. Pobre chaval.

Tragó saliva. En su cuello, donde debía estar la nuez, la papada subió y bajó. Me miró con los ojos achicados, fijos, durante un par de segundos.

—Lo he oído, sí —contesté.

Después, apartó la vista y carraspeó.

—Pero, Suso, coño, ¿dónde te habías metido? —dijo, revolviendo entre las porquerías que atestaban su mesa—. Hace días que no sé nada de ti.

Me aproximé a él. El Califa se retrepó en su asiento, casi hasta encaramarse a él.

—Eso deberías preguntárselo al Cuco —anuncié con naturalidad—. ¡Ah, joder, si no puedes! —bromeé—. Creo que el pobre está un poco... perjudicao.

No contestó. Metió y sacó la mano por la empuñadura de la muleta y la examinó.

—Escucha, Suso... —empezó a farfullar.

—No —lo interrumpí—, escúchame tú, so cabrón. Te has pasado de listo.

—¡Te juro que no sabía nada, Suso! —gimoteó—. El pobre chico está a punto de morir. No se sabe si despertará. ¡Su carrera truncada...! ¡Una carrera tan prometedora...!

Me dieron ganas de partirle la muleta en dos en la cara. Pero podía esperar.

—¿Cuánto tiempo más pensabas seguir extorsionándolo? —le pregunté.

Me miró con perplejidad. Sus ojos perdieron de golpe la expresividad de mártir y se volvieron de acero. Miró al suelo y se encogió de hombros.

—No lo sé —dijo—. No mucho más, hasta que hubiera aguantado. Los hay que aguantan y los hay que no.

Sus pequeñas manos de eunuco se movieron como para redondear la afirmación.

Me dieron ganas de matarlo. Lo agarré por las solapas y golpeé su cabeza contra la pared. El cuerpo empezó a resbalarle por la silla hasta que acabó en el suelo. La ira, que me había salido de dentro como una especie de erupción volcánica, fue convirtiéndose en un temblor que poco a poco fui logrando dominar. Me ordené a mí mismo parar.

—Me das asco, viejo —dije, escupiendo en el suelo—. Conque la carrera del muchacho era lo principal. Te importará a ti la carrera de nadie, so...

Levanté el puño sobre él.

—¡Para, Suso! —me suplicó—. ¡Para! —Jadeaba tanto que pensé que se iba a desmayar.

—¿Para qué cojones me enviaste a hablar con él si ya te estaba pagando?

—¡Fue idea del Cuco, no mía! —dijo juntando las manos y elevándolas hacia mí—. ¡Te lo juro, Suso! ¡El Cuco solo quería asustarte un poco! Pensamos que a lo mejor el chico te había dado el resto de las fotos.

—¿A mí? ¿De verdad que pensasteis que iba a dármelas a mí?

Aún tembloroso, se sujetó el faldón de la camisa contra la nariz. Vio que le sangraba y lloriqueó otra vez.

—No lo entiendes, Suso. Ese gitano estaba muerto de vergüenza, habría hecho cualquier cosa para ocultar su pasado. Esas fotos no valían nada, Suso, te lo juro, no lo hubiera reconocido ni su madre. Si no era más que un chaval. Pero aparecían otros...

—¿Otros? ¿Qué otros? ¿Qué hay en esas putas fotos para que tanto te interesen, cabrón?

—Coño, Suso, no son precisamente fotos de la primera comunión del chaval —resolló—. Son más bien de anatomía.

—¿De anatomía...? ¿De qué mierda estás hablando? ¿Qué es eso de la anatomía? ¿Qué gilipolleces estás diciendo, majarón?

—No me estás entendiendo, Suso —dijo, poniéndose mordaz—. Anatomía, coño, una metáfora. Quiero decir que por allí pasaban muchos cuerpos. Peces gordos. Hombres de negocios.

Políticos. Era un lugar muy concurrido, joder, el Gadir. De acceso muy restringido. Gente poderosa de gustos retorcidos.

El viejo siguió riéndose de su ocurrencia un rato más y después paró. Apenas podía moverse en el trozo de suelo en que estaba encajonado. Con una mueca, añadió:

—Escucha, Suso. En ese cajón de ahí tengo veinticinco mil euros. Son para ti, cógelos. Puedes llevártelos ahora y olvidarte de los tres mil del Cuco también. No te costará nada dar con esas fotos.

—Me das asco, viejo —le dije—. Extorsionar a tu propia gente. ¿Nunca has oído eso de donde comas no cagues? ¿No tienes ni una miaja de vergüenza, so cabrón?

Apreté las mandíbulas mientras levantaba una mano sobre él.

—¡No, Suso! ¡Para!

—También se lo hiciste a ella, ¿a que sí? —quise saber.

—¿A quién?

—¡A Sandrine, coño!

—Y dale con Sandrine. ¿Quién cojones es esa Sandrine? Escucha, Suso. Veinticinco mil ahora y otros veinticinco mil después. ¡Cincuenta mil, hombre! Solo tienes que traerme esas fotos.

Desde el suelo, abrió un cajón de su escritorio y revolvió a ciegas dentro de él. Después de desparramar por el piso una brazada de panfletos y media docena de cajas de clips, dio con el dinero. Le arrebaté los billetes y los conté. Había exactamente esa cantidad, veinticinco mil.

—¿Sabes, viejo? —le dije—. Si me lo hubieras pedido como Dios manda, lo habría hecho por menos de la mitad. Y otra cosa más. ¿Por qué cojones mandaste al puto rumano a la sauna?

Me miró sorprendido.

—¿De qué estás hablando, Suso?

—¿No tenías bastante con sacarle el dinero al Pespá? ¿Tenías que ensañarte con él?

—¡Yo no he mandado al rumano contra nadie, Suso! —protestó—. ¡No he sido yo!

—Puto mentiroso... —Le di una patada y él gimió.

—¡Te lo juro, Suso! ¡Creí que al gitano lo habías pinchado tú! ¡Pensé que se te había ido la mano con él!

Volví a patearle una vez más.

—¡Para, Suso, por favor! Te juro que al rumano no lo veo desde hace más de dos días. ¡El muy cabrón ha desaparecido! Te lo juro, lo voy a matar. ¡Como encuentre a ese hijoputa lo mato!

No había modo de saber si mentía o decía la verdad.

11

Le dije al gitano de la barra que subiera un poco el volumen. Estaban dando la noticia en el televisor del bar. El trozo de tortilla que acababa de tragarme formó una bola en mi garganta.

El cuerpo yacía tendido en una camilla, cubierto por una manta plateada. Por debajo, asomaba un trozo de cabeza con el pelo casi rapado, oxigenado, tan blanco como el pelaje de un oso polar. El reportero se movía entre las cutres mesas del Al-Ándalus caminando hacia atrás, tratando de no tropezar con las sillas y la mezcolanza habitual de colillas, envoltorios de patatas fritas, gargajos y vasos de plástico del suelo. En el centro del bar había una mancha de sangre oscura, casi negra, con una cinta de plástico alrededor. Al Charlie lo habían matado de diez puñaladas allí mismo. Ya habían detenido a la principal sospechosa. Su mujer.

La Lola era esa clase de tía cuya risa puede oírse por encima del estrépito de los vasos y la música alegre de las tragaperras. La clase de perla capaz de soltar por la boca más obscenidades juntas de las que leerías en las puertas de un millón de retretes. Pero no era una asesina.

—¿Eso lo dices porque te la follabas? —me preguntó el Pablito.

Y él lo decía porque era un puto madero y tenía que tocar los cojones a todo el mundo, era su profesión. Pero pensaba igual que yo.

—Que estaba casada, Pablo, coño.

—¿Y eso desde cuándo te ha importao?

Sacó de la cartera un billete de veinte euros que puso sobre el mostrador. Desde el otro lado, el gitano lo miró con recelo mientras cogía el billete con dos dedos y lo retiraba de la barra como si fuese radioactivo. El Pablito le devolvió una mirada feroz.

—¿Qué pasa, eh, maricón?

En realidad, no era tan fiero como su aspecto hacía temer. Uno noventa. Cien kilos. Pelo engominado y peinado hacia atrás y con una cabeza no demasiado grande para el cuerpo que se gastaba. Un pijo. Iba ya para diez años que se pateaba las calles, no había pasado de inspector, pero es que tampoco le importaba una mierda ascender. Había evitado una matanza hacía cinco años en la Valla, ese era todo el palmarés que necesitaba. Yo lo apreciaba. Y él a mí.

Acabamos el pincho de tortilla y el botellín y salimos a fumarnos un pitillo a la terraza del bar. Se quedó de pie frente a mí, enmarcado por el mar liso y azul de la mañana.

—Ella no lo hizo, Pablo.

—Ya lo sé.

—¿Ah, sí? ¡Coño...!

Pareció captar mi escepticismo y su mirada se endureció. Sacó algo del bolsillo y me lo enseñó.

—Mira esto.

Era una especie de sacacorchos con el logo de una marca de cerveza en la empuñadura.

—Con uno como este lo pincharon —dijo—. Diez veces.

—Joder —exclamé.

Levantó el sacacorchos por encima de mí, como si me lo fuese a clavar. Por poco no lo tumbé de una hostia. Cuando comprendí lo que intentaba demostrar, lo dejé hacer. Simuló que me lo clavaba en el pecho y en los hombros, en los brazos, en el costado y en la yugular, en todos los sitios donde la Lola se lo había clavado al Charlie de acuerdo con la versión del fiscal. Cuando acabó, se echó el pelo hacia atrás y profirió un jadeo quejumbroso.

—Diez estocadas, Suso. Diez. La primera habría bastado para que se desangrara. La segunda lo habría matado.

—No jodas —dije.

—Pesa treinta y nueve kilos. Mide poco más de metro y medio. ¿Crees que esa niña pudo darle diez puñaladas a nadie? No tiene fuerza, coño. No habría sido capaz de asestarle más de dos.

—¿Adónde quieres ir a parar?

—¿Es que no lo ves?

Empezaba a verlo, sí.

—Había alguien más —anunció.

—Venga ya.

—Alguien a quien trata de encubrir.

—¿Te refieres a un cómplice?

—Me refiero al asesino, coño. Al auténtico asesino del Charlie.

Le di un trago al Soberano y me senté.

—Pero, hombre, ¿vas a saber tú más que el fiscal? —dije—. Si ellos no lo han pensado ya...

—Ellos son ellos.

—¿Por qué estás tan seguro de una cosa así?

Pablito se sentó en la otra silla frente a mí. Seguía mirando el sacacorchos. Me contestó sin apartar los ojos de él.

—Pues porque ella se niega a hablar.

—¿Y por qué iba a proteger al asesino? ¿Por qué iba a cargar con el muerto ella sola?

Posó los ojos en mí.

—Porque está enamorada de él.

Me reí con ganas. A Pablito no se le movió el bigote.

—¿Qué quieres que te diga, hombre? —Sacudí la cabeza—. Te has montado una película...

Tardó en contestar.

—Sé que te la follabas, Suso.

Lo miré sorprendido.

—¿Ah, sí? ¿Y quién coño te lo ha dicho?

—La Lola me lo ha dicho, majarón. No pensabas contármelo, ¿sí o qué? —me interrogó.

—Coño, Pablito, no te lo cuento todo, joder. ¿Qué querías que te contase, además?

—¿Cuánto tiempo duraba vuestra relación?

Me eché a reír.

—¿Nuestra qué?

Me miró con gravedad.

—Solo es una tía, Pablo —le dije—. Me follo a muchas tías más.

—Ya veo —dijo. Dejó el «arma» en la mesa y echó el cuerpo hacia atrás—. ¿Dónde estabas la noche que mataron al Charlie?

Lo miré con asombro. Seguí mirándolo con fijeza, sin apartar los ojos de él. Después sonreí.

—Venga ya.

—¿Dónde?

Contesté sin una pizca de humor.

—¿Me quieres tocar los cojones, Pablito?

—Antes de ayer. Entre las ocho y las diez. ¿Dónde estabas, hostia?

Traté de pensar. Estaría tirado en la cama fumándome un peta. Solo. Como todas las noches desde que se había ido el Ginés. O puede que, con un poco de suerte, en el Al-Ándalus, con María Zulaima. O tomándome un Soberano con el Gamba. Y yo qué sé.

—No me acuerdo —le dije.

—Haz un esfuerzo.

—No me da la gana de hacer un esfuerzo —respondí—. Yo apreciaba al Charlie, coño.

—Ella dice que no.

—Pues es una puta mentirosa.

A Pablo le tembló imperceptiblemente el labio superior.

—De acuerdo —dijo—. No tengo ningún motivo para dudar de ti; además, será fácil comprobarlo. —Su cuerpo perdió parte de la tensión anterior y se inclinó sobre mí—. Suso —dijo—, quiero que hagas una cosa por mí.

—¡Será cabrón!

—Quiero que me ayudes a identificar a ese hijoputa.

—Sí, hombre.

Pero lo decía en serio. Se agarró al borde de la mesa y me miró a los ojos desde allí.

—Tienes que ayudarme a averiguar quién es —dijo con rotundidad.

—¿Tú estás loco? ¿Cómo voy a averiguar yo eso?

—Hablando con ella.

Me reí.

—Pero hombre, Pablo... Si no te lo ha dicho a ti, que eres policía, me lo va a decir a mí.

—Tú sabes tratar a las mujeres. Conoces a cientos, ¿no?

La guasa con que el gilipollas lo dijo me irritó. Era un puto madero, no lo podía evitar.

Me pasé una mano por el pelo. Apuré mi copa de un trago y el licor descendió por mi estómago arrasándolo y enfriándolo todo a la vez.

—Este caso ni te va ni te viene —le dije—. ¿A qué viene tanto interés?

El Pablito se ruborizó. Sí, el muy gilipollas se ruborizó. Y entonces comprendí.

—¿No te la habrás follao tú también, hombre?

Solté una carcajada y me fulminó con la mirada. De repente, me pareció más pequeño. Un inspector de policía convertido en majarón.

Tratando de contener la risa, mientras me levantaba para irme, añadí:

—En fin, Pablito, te deseo mucha suerte, quillo.

Él se irguió teatralmente y se llevó una mano a la cartuchera.

—Siéntate —me ordenó. Con algo menos de autoridad, añadió—: Coño, Suso. Hazlo por ella, joder. Ayúdala.

Me llevé el vaso a los labios con intención de echar un último trago antes de largarme de allí, pero ya no quedaba nada en él.

Cuando lo hice, hablé con sinceridad.

—Está bien, Pablito. La ayudaré.

12

Estaba a punto de abrir el grifo de la ducha cuando oí el tercer pitido en mi celular. Había tres mensajes del Ginés. «Tu padre te está esperando, Suso». Y luego otro. «Suso, hombre, ¿dónde estás?». Y el tercero. «Suso, coño, ¿vas a venir o qué?».

Habíamos quedado para desayunar. Terminé de ducharme con calma y llegué al restaurante con una hora de retraso nada más. El Ginés estaba sentado junto a mi padre, pero en cuanto me vio agarró el par de billetes que el viejo le tendía y se largó a toda prisa de allí.

—Lo tienes amaestrado —dije, soltando una carcajada que hizo que varias cabezas se volvieran a mirar.

—Siéntate —ordenó mi padre sin levantar la vista del periódico.

Me senté en la silla frente a él.

A mí no me engañaba. Yo sabía que estaba cabreado. Nadie hacía esperar a un hombre como él. Dejó el periódico encima de la mesa y le hizo una seña al camarero.

—¿Por qué no dejas de utilizar al pobre hombre de chico pa to, papá? Coño, el Ginés está ya muy mayor. Y es tu hermano, hostia. ¿No sientes ni una miaja de lástima por él?

Mi padre ordenó al camarero que corriera el toldillo que había sobre nuestras cabezas de una puñetera vez, antes de que él y yo nos viésemos obligados a marcharnos a comer a otro lugar.

—No me hagas recordarte qué clase de individuo es Ginés —dijo encendiendo un cigarrillo, sin ofrecerme uno a mí.

—Sé muy bien de qué clase es, papá. De esos a los que tienes acojonados. Ha vivido toda su vida acojonado, el pobre hombre. No me extraña que se meta de to.

Mi padre sonrió.

—No pensé que eso te preocupara tanto —dijo con mal disimulada ironía—. Precisamente a ti.

Por supuesto que me preocupaba, y él lo sabía. Por eso no insistió. Aguardó a que el toldo nos librara del último rayo de sol, y con una seña llamó al metre para que tomase nota de lo que íbamos a comer.

Examiné la carta a conciencia y pedí lo más caro que encontré, langosta y caviar. Mi padre me contempló impasible e intercambió una mirada con el metre.

—Tráigale lo mismo que a mí —ordenó.

—No comprendo que llames a esto invitación a comer, papá, si vas a pedir por mí.

—No era una invitación a comer, sino a desayunar.

—Entonces haberme dejado que pida unos huevos con jamón.

—Déjate de gilipolleces —dijo mi padre con brusquedad, aunque sin levantar la voz. A continuación se retrepó en su asiento y se acodó en la mesa para quedar más cerca de mí—. Bien —dijo, en un tono ahora más relajado de voz—. Tengo lo de Zallas aquí.

Buscó en la otra silla su maletín y, sin cambiarlo de sitio, lo abrió sin mirarlo y sacó de dentro un portafolios.

—Échale un vistazo al contrato antes de salir para Jerez.

—¿Sí o qué? —contesté en tono jocoso—. Así que me voy para Jerez, ¿eh?

La mirada de mi padre me taladró.

—No discutamos, Suso.

Había entendido lo que quería decir, y la risa me pugnaba por salir de tal manera que temí que finalmente lo hiciera. El viejo era un cabrón autoritario que casi me conmovía.

—No hay nada que discutir, papá. No pienso ir.

Movió la boca con desprecio mientras desviaba los ojos hacia el camarero que, en ese momento, venía a servir la comida: dos platos de pastel de cabracho y ensalada de atún. Antes de atacar su primer plato, cogió por un pico la servilleta y, depositándola sobre el regazo, dejó caer:

—Me ha llamado la policía, Suso. No estoy acostumbrado a que la policía me llame.

Dejé el tenedor suspendido delante de mi boca, que permaneció abierta un segundo de más, lo suficiente para revelar mi sorpresa. Mastiqué y aparté los ojos de él.

—¿No tienes nada que decirme?

—Na de na.

—¿De qué conocías a esa gitana, Suso?

—De follármela. Si lo sabes todo, sabrás eso y más.

—¿Mataste a su marido?

—Directo, ¿eh?

Siguió aguardando mi respuesta sin apartar los ojos de mí. Yo me recliné en el asiento y aparté los míos de él.

—Eso ha sido todo un malentendido, papá. Yo no he tenido nada que ver.

Mi padre me contempló en silencio.

—Me alegro. Porque les dije que esa noche no te vi. —Hizo una pausa—. La verdad.

—Claro, hombre, la verdad —dije con sarcasmo—. No ibas tú a mentir por mí.

Mi padre continuó mirándome.

—No sé por qué te empeñas en seguir mezclándote con gentuza, Suso. Yo te pagué una educación.

—Es verdad, papá. Y te lo agradezco infinito, quillo, no creas que no.

—No te hagas el macarra conmigo, Suso. Apártate de ese ambiente. Sobre todo, de cierto individuo en particular.

—¿Te refieres al Califa?

—Me refiero a él, sí. Es peligroso.

Dejé los dos cubiertos sobre la mesa y me reí.

—No exageres, papá, coño. No es más que un estafador.

—Un asesino. Confeso.

—Homicidio por imprudencia temeraria —repliqué—. Eso no es ser un asesino, papá. Coño, tú deberías saberlo, eres abogado, hombre.

—Fue a la cárcel por ello.

—Fue a la cárcel porque la mierda de montaña rusa que construisteis se jodió en pleno viaje lanzando a tres críos por los aires, papá, hacia el espacio exterior, que tuvieron que entablillar sus cadáveres para poder meterlos derechos en el ataúd. Lo que no entiendo es cómo no fuiste al trullo tú también.

Mi padre me miró en silencio. Bebió un trago de vino y, apartando la vista de mí, pinchó un trozo de lechuga con su tenedor.

—No quiero volver a repetírtelo —anunció con calma—. Aléjate de él.

El camarero vino a llenarle la copa y se retiró. Después que se hubo alejado, con total serenidad, mi padre reanudó la conversación:

—Dejaré que estudies el contrato de Zallas unos días antes de volar a la península. Te llamaré cuando tenga los billetes de avión. Para tu tío y para ti.

—¡Ah, mira qué bien! —Me reí—. Que también se viene el Ginés.

—Acábate la comida —me ordenó.

Hubiera dado lo mismo decirle que se metiera la comida por el culo. Y el contrato, si a eso íbamos. Así que me terminé el pastel de cabracho que había elegido para mí y me fui de allí con el contrato.

Al salir, lo arrojé a un contenedor.

13

El Pespá vivía en las afueras de la ciudad, entre la carretera y la costa. La suya era la primera de una hilera de casas feas, pobres, con las fachadas llenas de herrumbre y los vanos mal ribeteados de azul. Eché un vistazo al interior a través de la ventana que daba al jardín. Vi una mesa con dos sillas y un mueble con un televisor. Pegué el codo al tirador de la ventana, di un pequeño golpecito, justo en el centro, y entré. Ya estaba a punto de marcharme cuando la Sagra llegó.

No pareció sorprendida de encontrarme allí. Llevaba puesta la misma ropa de mercadillo de la otra vez, y unas zapatillas de felpa que hacía daño mirar. Me hice a un lado en la puerta para dejarla entrar.

—Voy a llamar a la policía —anunció.

Entró en la casa muy digna pasando por delante de mí, sin que yo hiciera nada por detenerla, y se dirigió al teléfono.

—Echa el freno, quilla —dije, volviéndome. Ya había descolgado el auricular—. No pretendía asustarte, mujer. La puerta estaba abierta y la empujé.

—Esa puerta no estaba abierta, es mentira —dijo con calma mientras empezaba a apretar las teclas del dial.

Me senté en el brazo de un sillón. Busqué un cigarrillo y lo mantuve en la boca sin encender.

—Llama a la policía si quieres, Sagra —le dije—, no te lo voy a impedir.

Me miró frunciendo el ceño, sopesando si valía la pena escucharme. No demasiado convencida, colgó el auricular.

—¿Qué quiere?

Encendí el cigarrillo y se lo ofrecí. Ella lo rechazó.

—Cuando él salga, ¿qué pensáis hacer? —le pregunté.

Me miró sin comprender. Aún seguía mirándome cuando farfulló:

—Eso no es de su incumbencia.

—¿Hace cuánto que lo conocéis?

—¿A quién?

—Al Califa, coño.

No me contestó.

—Es mala gente —le dije. Aguardé a ver su reacción. No dijo nada—. Hace años que extorsiona a sus clientes, entre otras cosas. Ninguno de ellos ha llegado nunca a ningún lao. Acabó con la carrera de una buena amiga mía, hace años, que es lo mismo que piensa hacer con la del Pespá.

Se encogió de hombros.

—Y a mí qué.

—¿Y a ti qué? Te lo voy a decir. —Me levanté del sillón—. ¿Tú qué te crees que he venido yo a hacer aquí?

La Sagra hizo un mohín. Me cogió el paquete de cigarrillos y sacó uno. Yo mismo se lo encendí.

—A mí esas fotos me importan un carajo, coño, yo no las quiero para na —insistí—. Pero parece que el viejo tiene mucho interés en ellas.

Le temblaron los labios. Con la mano libre se los cubrió. Apagué el cigarrillo y me acerqué. Ella me dirigió una mirada cabrona, como solo un gitano sabe mirar, antes de salir disparada de la habitación. La oí trastear por la casa durante un minuto o dos. Volvió con algo un rato después. Me lo dio.

—¿Esto qué es? —le pregunté.

—Las fotos —dijo sacudiendo el pendrive—. Yo no las quiero pa na. Lléveselas.

Me lo hizo coger. Se sorbió los mocos y se pasó el dorso de la mano por la nariz.

—Con esto no es suficiente —dije yo—. Tenéis que largaros a toda hostia de aquí.

—Pero... ¿qué coño dice usté? ¿Adónde nos vamos a ir sin un duro como estamos?

Saqué el dinero, los veinticinco mil, y se los di.

—Toma. Largaos ya. Mañana mismo. Y cuanto más lejos, mejor.

Ella miró el dinero con incredulidad.

—¿Esto qué es?

—Veinticinco mil euros, coño. Cógelos. Saca al Pespá del hospital y humo. ¿Me has oído?

Me llevó un rato largo convencerla de que tenían que marcharse.

Finalmente, la Sagra comprendió. La dejé haciendo las maletas y me fui.

De camino a casa pasé por la tintorería a recoger mi traje. Había un perro en la puerta aullando como un alma en pena. No llevaba correa.

El chino de la tintorería no estaba de buen humor. Me acribilló a reproches en su frenética jerga oriental mientras pasaba a la parte de atrás y, con un gancho, descolgaba una percha envuelta en una funda de plástico de entre una hilera de dos o tres millones de perchas más.

—*Otla vez no taldal tanto.*

—Que sí, hostia, que sí.

El perro seguía aullando en la puerta cuando salí. Eché a andar y me siguió. Le dije que se callara de una puta vez y salió como alma que lleva el diablo.

Cuando entré en casa, me tiré en la cama y me lie un petardo. Me puse a pensar en ella, en Sandrine. Si entonces yo hubiera tenido ese dinero, habría sido todo para ella, y para el chaval.

No me arrepentía de habérselo dado a la Sagra.

Llevaba un rato acostado, sin dormir, cuando el móvil sonó.

Era el Pablito.

—Te espero en los juzgados. Mañana a las diez.

14

Un calabozo no es un lugar agradable. Huele mal. La gente no es amable y se tiene la fea costumbre de intimidar al visitante con una sádica indiferencia que a menudo le hace temer que no vayan a dejarlo salir.

No es lo habitual, pero por ser el Pablito quien era nos facilitaron el acceso a un despacho y pudimos entrevistarnos con la Lola en un sitio digno en vez de hacerlo en uno de esos locutorios donde aquella clase de encuentros solía tener lugar.

El Pablo se había acicalado a base de bien. Olía a perfume, el cabrón. Se había afeitado y peinado. Incluso se había maquillado ese feo lunar que tenía en la nariz.

La Lola apareció a los pocos minutos. Llevaba la cara lavada y el pelo recogido en un moño y peinado hacia atrás. Al principio no la reconocí. Parecía una gitana de calendario. Dos funcionarias y un chaval que no tendría más de veinte años, vestido de abogado, la acompañaban. Pablito la miró con ojos de cordero degollado, como si fuera la Inmaculada Concepción, y se acercó a cogerla por el brazo.

—Ven, Lola —dijo—. Siéntate, mujer.

La condujo hasta el banco que había pegado a la pared. Ella ladeó resignadamente la cabeza, se llevó un clínex a la nariz y se sonó. Quise reírme, pero la risa no me salió.

—Te voy a dejar un rato para que hables con el Suso, Lola.

—Yo no tengo na que hablar con él.

—Serás perra... —murmuré.

Pablito me lanzó una mirada asesina.

—Cállate, Suso.

Hizo salir al abogado y a las dos funcionarias, y por último él también salió.

En cuanto se vio a solas conmigo, la Lola recuperó su estado habitual. Es decir, se me echó encima y empezó a golpearme. Forcejeamos. La sujeté por las muñecas y la empujé hacia atrás, pero dejé que siguiera dando patadas al aire, sin hacer nada por detenerla. Luego la solté.

Ella volvió a abalanzárseme. Yo la agarré por el vestido y la empujé contra la pared. Entonces me desabrochó la bragueta. Le di un sopapo y ella me mordió. Gritó y golpeó. Le tapé la boca y siguió gritando y golpeando. Cuando acabamos, nos sentamos los dos en el banco, exhaustos. Me pidió un cigarrillo y se lo di. Dijo que me había echado de menos.

—¿Sí o qué? ¿A mí y a otros cuántos más, eh?

—No hables así, Suso, coño.

—¿Qué ha pasado, Lola? ¿Se puede saber?

Hizo un mohín.

—Yo no sé na.

—Pues según la policía, has hecho algo muy gordo.

Miró para otro lado.

—¿Tú qué le has contado al Pablito de mí?

—Nada.

—¿Nada? ¿Y de dónde ha sacado él la idea de que yo al Charlie le tenía antipatía?

—Qué exagerao. Yo na más que le dije que el Charlie y tú no os llevabais bien.

—Ni bien ni mal, coño. No nos conocíamos más que de hola y adiós.

—Pues eso. Si el Charlie se hubiera tenido que partir la cara con cada tío que me miraba...

La Lola se abrazó el vestido por debajo del pecho.

—No quiero ir a prisión, Suso —dijo.

La miré perplejo.

—¿Y qué coño quieres que haga yo? No haberlo matado, ¿no te jode?

Volvió la cara roja de ira hacia mí.

—¡Yo no lo he matao!

—¿No? Pues muy bien. Mejor para ti.

—¡Yo no lo hice, Suso, coño! Ayúdame. ¡No quiero ir a prisión!

—Pues lo vas a tener jodido como no aparezca el que lo hizo.

Me dio la espalda. Se cruzó de brazos mirando a la pared.

—Eres abogao, Suso. Algo podrás hacer.

Me reí.

—Sí, rezar.

Se giró cabreada y levantó una mano hacia mí, pero se la sujeté.

—¡Para ya, carajo! —le dije.

Volvió a calmarse y me puse a su lado.

—Además, si ya tienes abogado —dije—. Uno muy pijo, que lo he visto ahí afuera.

Su rostro cambió de expresión.

—¿Ese? ¡Menudo pijo el niño ese, coño! Suso, no lo quiero a él, te quiero a ti.

—No digas gilipolleces, Lola. Conmigo vas arreglá. Vas al trullo de cabeza, joé. ¿Quién coño te crees que soy yo, Ironside?

—¿Quién?

—Además, si te lo camelas como al Pablo... —Sonreí—. Porque al Pablito lo tienes enamorao.

Me miró echando chispas por los ojos.

—Ni se te ocurra cachondearte de mí, Suso. Ni se te ocurra.

—Que sí, Lola, que sí, joder. Pero más te vale que empieces a colaborar.

—¿Que empiece a colaborar?

Estaba empezando a cansarme.

—¿Pero tú eres carajota o qué? ¿Cuándo vas a hablarles de tu primo, coño?

—¿Qué primo?

—El de Zumosol.

Contestó con decisión:

—Ese no tiene na que ver.

—Bueno, mira hija, pues que te den —dije, levantándome para salir—. Ya iré a visitarte al trullo, so pringá.

Dejé allí al Pablito, consolándola, y me fui. Me senté en un banco a esperar el autobús. Mientras tanto, saqué el paquete de tabaco y, sin darme cuenta, empecé a liarme un peta. Me lo fumé allí mismo, en la calle. Me importó una mierda que una niña chica y su mucama pasaran por allí.

—¡Qué! —les grité.

Yo debía de estar tarado, coño.

15

Que era un chico, me dijo, y se guardó la ecografía en el bolsillo trasero del vaquero. Íbamos en la Vanette, la furgoneta que nos llevaba al pueblo a cortarnos el pelo y al dentista. Casi nadie en el centro tenía dientes, la droga debilita las encías y los dientes se acaban por caer. Yo acababa de cumplir dieciocho años. Ella tenía treinta y tres. Había grabado un disco, el único que grabó. Nunca más volvió a cantar. Nunca más volvió a hacer nada.

Me levanté de la cama empapado en sudor. Recogí la ropa del suelo y la llevé a la lavadora. De algún sitio cayó el pendrive que la Sagra me había dado y me fui para el despacho a examinarlo en el ordenador. El cabrón del portátil tardó más de un minuto en arrancar. Eché un vistazo a la habitación, no había una sola cosa en la casa que funcionara como es debido o que tuviese algún valor. De haber ardido todo en ese instante, no creo que la compañía de seguros me hubiese dado un duro de indemnización. Estaba hasta los huevos de ser un merdellón, joder. De no tener ingresos fijos. De no tener un empleo como el del Pablito, con catorce pagas y vacaciones pagadas. El pitido del portátil me arrancó de mis negros pensamientos. En un recuadro que flotaba en mitad de la pantalla parpadeó el mensaje: «*Invalid drive*».

—¡Puta mierda de...! —maldije.

Volví a guardarme el pendrive. De todas formas, tenía el estómago delicado, y sabía de sobra lo que iba a encontrarme allí.

Me estaba preparando un bocadillo cuando me llegó un mensaje del Ginés. Decía que me reuniera con él en el Prado, que esa noche había actuación. No tenía nada mejor que hacer, así que me comí el bocadillo y me fui al centro.

El Prado había sido un buen local alguna vez. Había en él una atmósfera a medio camino entre lo cutre y lo exótico, algo que gustaba mucho a los turistas, y un poco menos a los de aquí. Pero se vendía mierda y yo necesitaba pillar.

Llegué al Prado un poco antes de la hora de cerrar. El Ginés estaba sentado a una mesa con la espalda pegada a un altavoz. Encima de él, en el escenario, dos marroquíes de dientes blancos, aporreando una batería y un bajo, se afanaban por seguir a un callo rubio que cantaba con una voz atronante. Ginés tenía que estar muy puesto para soportar el ruido. Intentó levantarse para acercarse a mí, pero derribó un par de sillas y se vio obligado a sentarse de nuevo hasta que el número acabó. Un instante después vino a mi mesa con el callo rubio del brazo.

—Quiero presentarte a Leona —me dijo.

Leona.

—Es cantante —agregó con una sonrisa infantil.

La tal Leona ni me miró. Me preguntó si tenía un cigarrillo y esta vez fui yo quien la ignoró, aunque estuvo bien lejos de ofenderse. Le dio un par de besos al Ginés, y cuando yo lo invité a que nos fuéramos, le recordó que había prometido quedarse hasta el final de la actuación.

No quería vomitar, así que me largué. Me tomé un trago en un bareto cerca de la estación y deambulé un rato por ahí. Las calles estaban hasta arriba de gente trapicheando. Pillé algo y fui a fumármelo a los bajos de un establecimiento, sentado en el suelo, con los pies apoyados contra un contenedor.

Cuando se hizo lo bastante tarde como para que hubiese acabado la actuación, volví al Prado. Ginés ya no estaba allí. Vi a la tal Leona despedirse de los músicos y la seguí fuera del local. ¿Por qué? Yo qué sé, era fea como un demonio. Y vieja. Pero el peta me había puesto y estaba seguro de que la tía pensaba aprovecharse del Ginés. Así que, ¿por qué no aprovecharme yo de ella primero?

Leona vivía en un edificio cochambroso cerca del matadero. Esperé a que subiera y llamé al portero automático cuando una de las ventanas de la fachada se iluminó.

No me esperaba. Me abrió la puerta en bata. Se había empezado a desmaquillar y parecía un conejo despellejado. Me quedé un instante contemplándola, fascinado.

—¿Qué haces aquí? —me preguntó.

Llevaba peluca. Un matojo de pelo negro asomaba por debajo. Y tenía barba. Una pelusa fina que se perfilaba en el bigote y alrededor de la nuez. Ese callo me la había colado.

—¿Y el Ginés? —le pregunté por decir algo—. No estará contigo, ¿no?

—¿Tú de qué vas? —dijo de mal humor.

Se abrochó el cuello de la bata y se quedó parada en el umbral.

—Tranqui, tía, que ya me voy.

—Espera —dijo—. No tengas prisa, hombre. Ven aquí.

Me agarró por la solapa y me hizo entrar. Me empujó por el corto pasillo hasta el comedor. Había un sofá cama extendido, preparado para dormir. Las luces estaban apagadas, a excepción de una lámpara que se debatía inestable encima de un televisor.

—Venga, coño, siéntate. ¿Quieres algo de beber?

Se fue antes de que pudiera contestar. Eché un vistazo a la habitación. Era fea, como ella; y vulgar. Me senté a los pies de la cama, no porque tuviera intención de quedarme, sino porque iba bastante colocado. Leona volvió con una bandeja y dos vasos. Se sentó a mi lado y se restregó contra mí. Le di un empujón y la peluca osciló sobre su fea cabezota. Contuve la risa y ella se mosqueó.

—Puto pijo de mierda —mascculló.

Me soltó una hostia que no me esperaba. Una especie de niebla me nubló la visión. La habitación se volvió borrosa y durante unos segundos no vi nada. Me froté los párpados y, cuando pude abrirlos, Leona me estaba registrando los bolsillos.

—¿Qué coño haces? —le dije.

Traté de ponerme en pie y volvió a tumbarme. Pegaba como un hombre. Oí que la puerta de entrada se abría. Un segundo después, el Cuco entró en la habitación.

—Hombre, el que faltaba —dije en tono socarrón.

—No lleva na —dijo Leona dirigiéndose a él.

El Cuco atravesó el cuarto y me golpeó con el puño cerrado en el vientre.

—A ver ahora quién tiene media hostia de los dos, so cabrón.

A continuación me golpeó en el pecho. Yo apenas podía respirar.

—¿Dónde lo tienes? —dijo tirando de mí—. ¿Me vas a decir dónde lo tienes o no?

Se puso a pegarme otra vez.

—Vete al carajo —balbuceé—. Y tú también, maricón.

Leona me dio con la mano abierta en la cara. Debió de partirme el labio, noté sabor a hierro al pasarme la lengua por allí. Me arreó del otro lado y continuó dándome un rato más, hasta que se cansó. Quedé maltrecho, tosiendo y mareado.

El Cuco me quitó la billetera y la vació sobre la cama. Me dirigió una mirada de matón profesional, y entonces empezó la fiesta de verdad. De una patada me hizo rodar por el colchón y me lanzó al suelo. Allí, sujetándose contra la pared, me volvió a patear. Primero los testículos. Conseguí hacerme un ovillo y se ensañó con los riñones. Pensé que me iba a matar. Por suerte, todo se puso negro y me desmayé.

Desperté en el hospital. Aún estaba colocado, o quizá me habían sedado. Abrí los ojos despacio, despegando primero los bordes de un párpado y luego los del otro, con mucha dificultad.

—¡Suso! —gritó el Ginés.

Allí estaba, peinado y vestido como para asistir a un funeral. A su lado, el Pablito me miraba sacudiendo la cabeza.

—Hay que joderse —dijo—. Parece que no eres muy popular.

16

Una ambulancia me trajo a casa. Solo me levantaba para ir al baño a orinar. Allí vomitaba y orinaba y me arrastraba de nuevo a la cama.

Desde la cama, oía el batir de las aspas del ventilador. Oía el grifo en la cocina. Oía la televisión en el cuarto de estar. Al otro lado del piso, a través de la puerta entreabierta, el Ginés, arrastrando los pies o abriendo la nevera o corriendo una silla o murmurando, me despertaba y yo me volvía a dormir.

A lo lejos, el puerto. El tráfico. Los cláxones. El ladrido de un perro.

Sonó el teléfono. El Ginés contestó desde el comedor. No distinguí las palabras, estaba mareado. Me orinaba; pero orinar dolía. Mejor no orinar. Seguí durmiendo.

La televisión estaba puesta en el cuarto de estar. Disparos. La sintonía del telediario.

Al otro lado de la cama, a través de la ventana, el tráfico del puerto y los cláxones otra vez. El bullicio de la calle entrando en la habitación. Sobre mi cabeza, las aspas del ventilador.

No has sido nunca más que un insignificante bastardo...

Abrí los ojos, sobresaltado.

—¿Papá? —llamé.

Volví a cerrarlos. Un párpado y después el otro. Una punzada de dolor.

Necesitaba un peta.

—¡Ginés! —llamé.

Un poco de mierda me sentaría bien. Me quitaría el dolor.

—¡Ginés! —insistí.

Oí sus zapatillas arrastrándose por el pasillo, deprisa, y luego el Ginés entró en la habitación.

—¿Qué pasa, Suso? ¿Te encuentras mal?

—¿Tienes mierda?

—¿Qué?

—¡Que si tienes mierda, joder!

Me miró haciendo un arco con las cejas.

—Sí, Suso. Tengo mierda.

—Líame uno, Ginés.

—¿Qué, Suso?

—¡Líame un peta, coño!

—Te han operado, Suso. Te han quitado un riñón.

Hizo una mueca con la boca, como si el riñón se lo hubieran quitado a él.

—¿Me lo lías o qué?

Se pasó la mano por la nuca.

—Pero, hombre, no...

—Como no me líes un peta ahora mismo, te meto una hostia que te mato en cuanto me levante de aquí.

De mala gana, me lo lio.

Se sentó en la cama a verme fumar.

Pablito dejó sobre la mesilla de noche una caja de Ferrero Rocher.

—¿Qué has hecho esta vez, Suso? —me preguntó.

Miré la caja con los ojos a medio abrir. A continuación, estiré un poco el cuello para mirar la hora en el reloj. No la distinguí.

—¿Qué hora es?

—Más de las tres.

Volví a cerrarlos. Me dolía la cabeza de tanto dormir. Pablo arrastró una silla y se sentó a mi lado.

—¿En qué andas metido para que te hayan puesto así?

No contesté. Abrí los ojos otra vez. Lo vi alargar la mano hasta la caja de Ferrero, abrirla y coger un bombón. Mientras le quitaba el papel, me preguntó:

—¿Puedo? —Se lo había echado ya a la boca y lo engulló casi sin masticar—. ¿Quién te ha puesto así? —insistió.

—No estoy seguro —le contesté—. Creo que me caí.

Masticó con la boca abierta y se encogió de hombros.

—Ah, pos mu bien —dijo, chupándose el índice y luego el pulgar—. Hoy en día se puede vivir sin un riñón.

—¡Ginés! —grité.

Oí cómo disminuía el volumen del televisor en el cuarto de estar, y luego, al Ginés avanzando por el pasillo.

—Así que me han quitado un riñón.

Esta vez me habían jodido de verdad.

Nada más verme la cara, el Ginés supo lo que tenía que hacer. Se fue para su cuarto y regresó. Ya sabía lo que quería, no tuve que pedírselo. Me lio el peta y me lo pasó.

Fumé despacio, dejando tiempo entre calada y calada. No quería colocarme, solo que la hierba me quitara un poco el dolor.

—¿No te mandó tu padre que te apartaras de él, quillo?

Di una calada honda. Y después de esa, otra más. Noté cómo me relajaba y me dejé llevar.

—¿Por qué no le hiciste caso?

Mi mente empezaba a nublarse, y yo la dejé. Las ideas se empezaban a entremezclar.

—¿Me escuchas, hombre?

—Déjame en paz, Ginés.

—No tendrías que pensar tan mal de tu padre, Suso. Él no tiene la culpa de lo que pasó. Son los negocios, Suso, que a veces salen bien y a veces mal. Y aquel salió mal.

Lo miré durante un par de segundos, dudando entre darle una hostia o dejar que siguiera hablando, a ver adónde cojones iba a parar. No tenía fuerzas. Dejé que siguiera.

—No es tan malo como crees. Si no te enfrentaras siempre a él...

Se pasó la lengua reseca por los labios. Miró la puerta y luego me miró a mí.

—¿Por qué nunca le haces caso, eh?

—Cállate, Ginés.

—¿Pero cómo has dejao que ese mafioso te maneje así?

—¡Que te calles, carajo! —Levanté el puño y traté de erguirme para alcanzarlo. Pero me dejé caer en la cama sin fuerza—.

¿Te pregunto yo cómo dejas que mi padre te maneje a ti? ¡Déjame en paz de una puta vez!

Ginés se levantó, atravesó el cuarto y dijo que iba al supermercado.

Le oí abrir la puerta de entrada y cerrarla al salir.

Di al peta una última chupada y me adormecí. Pensé en mi riñón. Lo imaginé en una bandeja quirúrgica, dentro de una tartera de acero inoxidable, en el contenedor de basura de algún hospital.

Si no tenía riñón, ¿por qué cojones me dolía? Puse en práctica algo que había oído una vez en un documental, una técnica del ejército para combatir el dolor. Se trataba de algo tan sencillo como ignorar el dolor. Traté de ignorar el dolor. Traté de desconectarlo del resto del cuerpo. Estuve así mucho rato, no lo sé. Una hora. Dos. El dolor no se iba, el muy cabrón.

Pensé en el Cuco y en el Califa. En mi padre y en el Ginés. En la Lola, en el Charlie y en el Pespá. La técnica del ejército debió entonces comenzar a surtir efecto, o tal vez fuera el hachís, porque el dolor empezó a debilitarse, a diluirse, a desaparecer. Comenzó otro viaje más interesante. Apoyé la cabeza en la almohada y me dejé llevar. Las imágenes se empezaron a suceder. Una playa de Barbate. Una gitana leyéndome el porvenir. Chicas en bañador. Luego una cuna. Y mi madre. Y una manta de cuadros. Y un perro de felpa y un balancín. Y Sandrine. Y un hombre que se pasaba el tiempo rondándonos a mi madre y a mí. Un hombre que no tenía ojos. El hombre intentaba hacerse el simpático conmigo. A todas horas se me acercaba con alguna ocurrencia, un regalo, me enseñaba a tallar palos, me contaba historias de cuando él era pequeño. Me sentaba sobre sus rodillas y me hacía reír.

Me despertó el timbre del teléfono.

—¡Ginés! —grité.

Ginés no contestó y me levanté. Mis piernas eran de chicle y estuve a punto de caerme. Cuando llegué al comedor, el teléfono había dejado de sonar. El panorama allí era desolador. El comedor estaba como si por él hubiera pasado un huracán. Muebles volcados. El sofá despanzurrado. Los cajones del aparador por el suelo, con el contenido desparramado.

Fui en busca del pendrive. Aún seguía donde lo había dejado. Revolví en la caja de herramientas y, haciendo un esfuerzo sobrehumano, conseguí subirme a una banqueta y desatornillar la tapa de registro de mi cuarto para esconderlo allí. Para cuando terminé, estaba sudando y me dolía todo el cuerpo.

El doctor que vino a verme a casa dijo que estaba cicatrizando muy bien. Un par de días más y podría montar a caballo y hasta esquiar. No tuve ganas de reír. Pero tenía razón, el sábado por la mañana, al despertarme, me encontraba tan bien que apenas recordaba que alguna vez había tenido dos riñones y no uno solo. Qué bien.

Vi que había varios mensajes sin oír en mi contestador.

El primero, de hacía cuatro o cinco días, decía:

«Suso, coño, qué caro eres de ver. Nada, que el Pespá y la mujer se han largao. ¿Cómo te quedas? Por lo visto, tenían mucha prisa. Me pregunto de dónde habrán sacado la guita, que se han dejado todo aquí. —Había una pausa—. ¿Eh, Suso? —Otra más—. ¿Tú no tendrás nada que ver, cabrón? —Y otra—. Llámame, cabrón».

El último mensaje era suyo también.

«¿Dónde están mis fotos, Suso? ¿No me la estarás jugando?».

Golpeé con los nudillos en la puerta de la habitación del Ginés y entré. No estaba. Encima de su cama había una bolsita de mierda medio abierta y la cogí. Me lie un peta y fui a la cocina a fumar. Arrimé una silla a la mesa y encendí el televisor. Estaban dando un programa religioso y cambié de canal. Una película antigua. Volví a cambiar. Un documental. Acerqué más la silla a la pantalla y le di voz. Una especie de comadreja estaba parada de pie cara al sol. Salió otra comadreja más. Una tras otra fueron saliendo no sé cuántas comadrejas más. Algunas se adormecían. Una se cayó.

Metí la mano por la goma del pijama y palpé, tratando de encontrar la cicatriz. Tenía que estar allí, en alguna parte de la espalda. Cuando por fin di con ella, aparté la mano como si me hubiera dado una descarga eléctrica. Por allí era por donde me habían sacado el riñón. Volví a tocar. No sentí nada. Mi piel había perdido la sensibilidad. Tampoco sentía la ausencia del riñón. El hueco que había dejado allí. ¿Se podía vivir sin un riñón? Sí, se podía. Si se podía vivir sin una madre o sin un padre, por qué no sin un riñón. En la tele, otras dos comadrejas se unieron al grupo. «He aquí una familia», pensé.

Justo cuando le daba la última calada al petardo, acabó el documental. Esta vez no hubo viaje, solo un entumecimiento balsámico que era como si una vaca pasase su lengua a lo largo de mi espina dorsal. Entonces en la tele salió algo que me hizo volver a la realidad. En el telediario hablaba un locutor. «Surgen nuevos implicados en el caso de asesinato», estaba diciendo.

En la parte de arriba, dentro de un recuadro más pequeño por encima de su jeta, apareció un rostro de mujer. Era la Lola.

En un *banner* que recorría la parte inferior, mi nombre aparecía sobreimpresionado junto al suyo.

17

Bajé de la camioneta delante del edificio de los juzgados. Aún llevaba las muletas que me habían proporcionado en el hospital. No me hacían falta para andar, pero sí para causar buena impresión. Los funcionarios no me hicieron vaciar los bolsillos ni pasar por el arco de seguridad. Solo tuve que quitarme el cinturón. Luego me lo darían.

Apareció el Pablito. Miró las muletas y luego me dirigió a mí una mirada cargada de conmiseración. Tenía las cejas caídas, y la cara arrugada y de color gris. Me cogió del brazo y tiró de mí.

—Ella no te ha acusado —dijo—. Pero ese abogado suyo... Se conoce que se ha visto todas las series de Netflix, el muy cabrón. —Bajando los ojos, agregó—: El tío va a basar su defensa en eso, Suso.

—En qué.

—En que otro cometió el asesinato. No ella.

—Y ese otro soy yo.

—Según él, nadie más pudo ser. —El Pablo me dirigió una mirada severa y continuó mirándome hasta que, rindiéndose, sacudió la cabeza y gruñó—: ¡Coño, Suso! ¡Tus huellas estaban por todo el piso, joder!

—¿Las mías y las de cuántos más?

—En el sacacorchos, Suso. ¡En el arma del crimen, joder!

Me encogí de hombros.

—Anda que no me habré abierto cervezas con ese puto abridor.

—¿Quieres tomártelo en serio?

—¿De dónde coño habéis sacado mis huellas? —le pregunté.

—¿De dónde? —repitió con incredulidad—. De dónde, va y pregunta. Pues del registro. ¿Ya no te acuerdas de que estás fichado, primo, o qué?

Me apresuré a decir:

—¿Habéis buscado más huellas, Pablito, o solo las mías? Porque aparte de este primo, la Lola tenía más. Tiene la hostia de primos, no te jode. Hasta tú pudiste cargarte al Charlie igual que yo.

No contestó.

—Quiero hablar con ella —dije.

La línea de su boca cambió de forma.

—No.

—¿No?

Saqué el móvil y me puse a teclear.

—¿Qué haces?

—Escribirle a un amigo que tengo en el *Diario de Ceuta*. Mira. —Le mostré la pantalla—. «Policía se follaba a sospechosa de asesinato» —leí.

—No serás tan cabrón.

Me di la vuelta para alejarme.

El Pablito me agarró.

—Habla con ella si quieres —dijo—. A mí no me importa. Y lo siguiente que debes hacer es buscarte un abogado.

Iría a la cárcel para siempre. En la cárcel y con un solo riñón.

—Suso, hostia, lo siento. ¿Tu padre no era abogado? —me preguntó.

Lo miré fijamente.

Bajamos a los sótanos. Pablo habló con el funcionario y nos dejaron entrar. Pablo y él me aguardaron en su oficina mientras yo me dirigía a las celdas. La puerta de comunicación se abrió sola. Pasé al otro lado y la puerta se cerró tras de mí. Avancé por un pasillo que apestaba a orines, junto a las celdas ordinarias, y llegué a una pesada puerta más sólida que las demás. Había una mirilla y atisbé por ella. Pero no pude ver nada. Afuera, la luz estaba apagada y por la ventana, abierta casi al nivel del suelo a un patio de luces, no entraba más que un poco de claridad.

—Cuando esté dentro, encenderé la luz —anunció la voz del funcionario por un altavoz.

Olvidó cerrarlo y oí al Pablo preguntarle y al funcionario responder.

—¿La tenéis a oscuras, hostia? Es inhumano.

—No puede haber bombillas, señor. Podrían usarlas contra nosotros. O contra sí mismos.

Sonó un chasquido electrónico y la puerta se abrió. Entré y la cerré tras de mí. Me apoyé en el marco un momento, parpadeando, para acostumbrarme a la oscuridad. Oí un crujido de muelles y vi una sombra que se levantaba y se acercaba a mí.

Cayó en mis brazos. Luego me vio las muletas y se apartó.

—¿Qué te ha pasao?

Le dije que estaba bien.

—¿Tienes de fumar? —me preguntó, como si estuviésemos en cualquier otro lado y no en unos calabozos—. Me muero por un poco de mierda, quillo.

Le di un cigarrillo, que miró decepcionada, y fue a sentarse en el borde de un jergón que había arrimado a la pared.

—Ven —dijo—. Siéntate a mi lao.

Apoyé las muletas contra la pared y me senté junto a ella. La luz de fuera que entraba por la mirilla le iluminaba a intervalos la cara. Saqué fuego y le ofrecí. Lola me miró recelosa. Prendió el cigarrillo y aspiró.

—Ese niño pijo se ha vuelto loco —dijo. Soltó una risita nerviosa—. Pero, ea, yo supongo que al final se le pasará, ¿no? Te dejará tranquilo. Ya lo verás.

—¿Y si no se le pasa?

—Bueno, no pienses en eso ahora, Suso.

Se enroscó en mi cuerpo como una culebra mientras me rodeaba el cuello con los dedos y me susurraba al oído. Tenía que parar. Sabía lo que ocurriría si alguno miraba por aquella mirilla y nos veía así. Me zafé de ella.

—¿Por qué no le has hablado aún de tu primo?

—¿Qué primo?

—No te hagas la gilipollas, Lola. Te vi una jartá de veces magreándote con él.

La Lola rehuyó mi examen y se apartó.

—¿A qué viene preguntarme por eso? —dijo.

—Tengo que preguntártelo.

—Yo no te pregunto a ti por qué no me has querido defender. Si me hubieras hecho caso...

—Ya te lo expliqué —dije—. Tienes un abogado mucho mejor que yo. Parece que te va a sacar de aquí, el muy cabrón.

Carraspeó.

—Suso, oye... —murmuró—. Tú sabes de sobra que yo te quiero bien, quillo. Sabes que te considero una persona legal. Yo no te haría una cosa así.

—¿Es tu primo de verdad? —le pregunté de improviso.

—¿Quién?

—El mazas ese, coño. Con el que te vi en el Peugeot. ¿O te lo has inventado?

Se sorprendió.

—¿El Darío?

—Así que se llama Darío.

Volvió la cara de mal humor.

—Darío qué más —insistí.

—Déjame, Suso.

La volteé y la hice mirarme.

—Darío qué más.

—Darío na.

Le di una bofetada.

—¡Baena, coño! —contestó—. Como yo. Ya te he dicho que somos primos, ¿no?

—¿Por qué no está aquí?

—Y yo qué sé.

—Yo sí. Te ha dejado tirada.

No contestó.

—¿Dónde se esconde, dime?

—No se esconde.

No se atrevía a mirarme. La obligué.

—No tengo mucha paciencia, Lola.

Cogí la muleta y la amenacé con ella. Se rio de mí. Se levantó del jergón gritando y caminando hacia atrás.

—¡Guardia! —llamó, la muy cabrona.

Fui tras ella. Al levantarme, la cremallera del jergón se me enganchó en la ropa y tiré de ella. La funda del colchón era vieja y se desprendió soltando una nube polvorienta.

—¡Guardia! —gritó de nuevo al verme avanzar.

Le tapé la boca con una mano mientras le pasaba la cremallera alrededor del cuello.

—¿Me vas a decir dónde está, Lola?

Apreté. Luego aflojé para que pudiera hablar.

—¡Que sí, Suso! ¡Que sí!

Habló. Me dio una dirección.

18

Mi padre no estaba en casa cuando llegué. La empleada, una mora vieja que llevaba trabajando allí desde que llegamos de Cádiz una quincena de años atrás, me acompañó a su despacho y se marchó. Me serví una copa en el mueble bar.

Mientras lo esperaba, me paseé por la habitación y le eché un vistazo a sus libros. Tenía una buena colección, sí señor. Me detuve en los ejemplares de su sección favorita. Aquello me produjo las primeras náuseas del día. Un espasmo involuntario me sacudió el estómago a medida que fui pasando las páginas, llenas de aquellas imágenes que tantas veces, siendo niño, había espiado. Un muestrario selecto de pornografía culta, refinada, disfrazada de erudición. Volúmenes comprados en casas de subastas de Ronda. De Madrid. O de Roma. Londres. San Petersburgo. Budapest. Volví a repasar ahora con ojos de adulto los miembros impúberes. Las rodillas huesudas. La tersura de la blanca piel infantil.

Cerré de golpe el libro que estaba hojeando y de sus páginas cayó algo. Era una instantánea, una de esas fotografías antiguas que las propias cámaras positivaban e imprimían. Una Polaroid. Y de pronto me acordé. Fue como un *flashazo* que casi me tumbó. Me encontré con ganas de vomitar. Volví a colocarla en el libro y me lo guardé.

Hacía tiempo que no me sentía así, desde que era un chaval y me revolvía en la cama, excitado, sintiéndome un anormal. Debí comprender entonces, cuando pasados los años nada hacía que cesase mi angustia, que algo malo se había desatado en mi interior. Aún continuaba con ganas de arrancar. De hacerme daño. Mi vida volvía siempre a lo mismo. A la habitación de un motel. A un bareto de mierda donde pillar. A unas tetas golpeando contra el jergón de un burdel.

Me senté en el escritorio de mi padre y abrí un cajón. Estaba nervioso. Lo cierto es que me repugnaba estar allí. Saqué una caja de clips, desparramé el contenido en la mesa y los volví a guardar. Luego saqué de mi cartera la hierba del Ginés y me puse a liarme un peta allí mismo, en el santuario de mi padre, mirando por la ventana al exterior. Vi a un moro cortando el césped del jardín. Vi el agua de los aspersores formando pequeños charcos y, sobre los charcos, cientos de arcoíris del tamaño de colibríes flotando sobre las gotas de agua en suspensión. Estaba encendiendo el peta cuando mi padre entró.

No pareció sorprendido de encontrarme allí. Atravesó el despacho con presteza, con su cuerpo atlético algo fofo pero aún juvenil erguido, el maletín en la mano y las llaves del coche tintineando en el pulgar. Hasta que no hubo soltado todas sus cosas encima del escritorio no me miró.

—¿Qué haces aquí? —preguntó, apoyando una mano en el borde de la mesa.

—Yo también me alegro de verte, papá.

Me aparté de la ventana y, sonriendo tan ampliamente como mi quijada me permitió, observé:

—Pareces cansado, papá. ¿Duermes mal o qué?

Mi padre ocupó su sitio tras el escritorio y se vació los bolsillos del pantalón. El teléfono móvil. El billetero. Un encendedor.

Dijo:

—Me alegro de que te hayas recuperado tan bien, Suso.

—Tengo buena genética.

Entrelazó las manos sobre la mesa y me miró en silencio. Transcurrió medio minuto antes de que volviera a hablar.

—Le diste un buen susto a esa chica, Suso. En los mismísimos juzgados.

Chasqueé la lengua.

—No fue para tanto, papá. La Lola está perfectamente bien.

—Tú es que no estás en tus cabales —dijo—. Ese abogado te va a crucificar.

Mi padre se reclinó en el asiento y suspiró.

—Atraes los problemas, Suso. No lo puedes evitar. Me pregunto qué hicimos mal contigo.

—¿Te lo preguntas? ¿De verdad?

Se tomó su tiempo para contestar. Me echó un detenido vistazo, como si mirara al cachorro de otro animal.

—¿Qué quieres? —me preguntó.

—¿Qué quiero yo? —repetí—. ¿Es que ya no te acuerdas, papá? Estoy llevando un asuntillo para ti. La Serpiente Peluda, coño. La firma de ese contrato para tu amigo.

Mi padre sonrió. O eso me pareció a mí.

—Conque la Serpiente Peluda, ¿eh?

—Eso es, hombre. La Serpiente Peluda —repetí, aún de buen humor.

Mi padre negó con la cabeza.

—Me parece que no —contestó.

Me senté frente a él.

—¿Te parece que no? No me digas que se ha firmado ya, papá —dije exagerando una mueca de decepción—. Con las ganas que tenía yo de ir a Jerez.

—Déjalo, Suso —contestó lacónicamente.

—¿Sabes qué estuve pensando, papá? Pues que una serpiente peluda es una oruga, coño. Una puta oruga, papá. ¿Lo habías pensado tú también?

Mi padre me miró largamente mientras se encendía un cigarrillo. Tras una pausa, sin parpadear, afirmó:

—Piensas que la vida es una juerga, ¿eh, Suso?

—Te equivocas, papá.

—Una especie de club de la comedia.

—Te aseguro que no, hombre. Esto, por ejemplo, me divierte bien poco.

—Sería para mí muy sencillo recordarte lo que la vida se ha cobrado ya de ti. Pero nada más lejos de mi intención. Acabarás pagando otra vez.

Crucé las piernas y esperé.

—¿Fuiste a verme a casa, papá?

Mi padre apartó la mirada.

—Tengo como un vago recuerdo de haberte visto por allí. No tenías que molestarte, quillo.

—Suso, tengo mucho que hacer.

—Me lo figuro, sí. Tú siempre tan ocupado. —Me reí sin ganas y cambié de conversación—. No creo que te interese, papá, pero es posible que me acusen de ese crimen. Y no me apetece demasiado, la verdad. Soy inocente. Conque me vendría de perlas poder largarme unos días de aquí, ea. Por ejemplo, a Jerez. Y además, que ando algo corto de dinero, coño.

Mi padre echó el cuerpo hacia delante y apoyó en la mesa los dos codos, las manos enlazadas entre sí. Frunciendo reticentemente el ceño, anunció:

—Vete de aquí, Suso.

Yo había dejado el libro en la mesa. Sin darle mucha importancia, lo cogí, lo coloqué bocabajo y lo sacudí. De entre las páginas cayó la instantánea de esquinas rizadas y algo amarillentas. Mi padre la reconoció de inmediato. En ella se le veía jugando con un niño, un crío muy pequeño, no tendría más de cinco años. Mi padre lo tenía sobre sus rodillas y estaba jugando a un juego muy raro con él.

—¿Te acuerdas de esto, papá? —le pregunté—. ¿Qué tendría el crío, cinco años? ¿Seis?

Se la mostré.

—Es una foto muy fea para que ande circulando por ahí, ¿no, papá?

Mi padre permaneció inmóvil en su sillón.

—Dame esa foto, Suso.

—No.

Después de retenerla un momento, me la guardé.

—Me parece que tenías por ahí unos billetes de avión para mí, si no me equivoco.

Tardó más de un minuto en volver a hablar. Mientras abría el cajón, dijo:

—Cuando era pequeño, mi padre me regaló un perro de caza.

—¿Tu padre te regaló un perro de caza? Anda, coño. ¿Y qué pasa con él, papá?

—Era buen perro. Solo que tenía un defecto. Cuando localizaba una presa, la devoraba.

Chasqueé la lengua.

—Y supongo que eso no es lo que se espera de un perro de caza, ¿no, papá?

Mi padre me miró con dureza.

—Lo que se espera de un perro de caza es que cace. Nada más.

Apretó las mandíbulas, tanto que los músculos de su cara se tensaron como los cables de un ascensor. Pero yo sabía que sus mandíbulas podían soportar toda esa presión y mucha más.

19

El lunes por la mañana el Ginés y yo aterrizamos casi fuera de la estrechísima pista del aeropuerto de Gibraltar. Habíamos sobrevolado el estrecho con un solo motor, y el piloto se había visto obligado a llevar a cabo un aterrizaje de emergencia. No se me ocurrió que fuésemos a morir, pero al Ginés sí. El viejo fue santiguándose mientras tomábamos tierra, y luego, mientras recorríamos a pie el trecho que nos separaba de la terminal.

Cogimos un taxi para ir a Cádiz. El Ginés protestó, estaba ansioso por llegar a Jerez y meterse en la cama. Pero yo quería ver la ciudad. No me pareció muy cambiada desde la última vez que había estado allí. El mundo se había convertido en un lugar muy parecido en cualquier parte. Vi Zaras, McDonald's, gasolineras Repsol y turistas que seguían yendo en chanclas por la calle. Los viejos seguían siendo igual de viejos, los gitanos, ruidosos y los yonquis, desdentados. Sin embargo, hubo una cosa que me llamó la atención. Al irme, había dejado una ciudad llena de payos y gitanos, siempre enfrentados y ahora, en cambio, Loreto y la barriada de la Paz parecían una sede de las Naciones Unidas llena de moros en chilaba, nigerianos de dos metros, rubias salidas de un almanaque de la perestroika y latinos paseándose en coches tuneados con el Gran Combo de Puerto Rico saliendo de los bafles a un volumen ensordecedor.

Llegamos a Jerez y nos bajamos delante de la casa de mi madre, ahora convertida en pensión. Las ganas que tenía de volver a ver esa casa, Dios. Recordaba un edificio muy grande, señorial, en el mejor barrio de la ciudad. Dos pisos de altura, tejado de mucho peralte con una chimenea en cada extremo y un par de ventanas de buhardilla en la mitad del tejado. Aunque la hubieran pintado de plata, no me habría gustado más.

Cuando la vi, me faltó poco para subirme de nuevo al taxi y salir pitando a un hotel. Solo un cabrón como mi padre habría permitido que la convirtieran en un puto antro sin personalidad como el engendro de Airbnb que se erguía ante nosotros. Tiré nuestras cosas en la habitación, sin fijarme en nada más, ya lo haría más tarde. Dejé al Ginés vomitando y me fui en busca de lo que me había llevado allí.

El Darío se alojaba en un bloque de viviendas de hormigón, en una zona que debió de haber sido en su día diseñada con buenos propósitos. El lugar estaba lleno de bancos para que se sentaran los viejos y parterres para que mearan los perros. Ahora lo habían tomado los camellos. Había media docena de ellos sentados en el respaldo de una grada con los pies sobre el asiento que me miraron perdonándome la vida cuando pasé.

Entré en un portal. Olía a verduras cocidas y a orín. Después de subir dos tramos de maltrechas escaleras, llegué a un rellano y llamé con los nudillos a la puerta que decía mi papel. Me abrió un gitano de dos metros, todo músculos, veintipocos años, completamente colocado.

—¿Eres el Darío? —le pregunté.

Me miró como si estuviera a punto de caerse muerto.

—¿Qué quiere usté? —me preguntó.

—Hablar contigo, coño.

El piso se las traía. No quedaba un solo resto de pintura en las paredes, el suelo estaba carcomido, los rodapiés reventados y el techo lleno de humedad. Había allí más mierda que en un albañal.

—Joder —dije echando un vistazo—. No vivís mal aquí, ¿eh?

El Darío echó a andar pasillo adelante. Lo seguí hasta un comedor. Allí se sentó en un sillón desvencijado que había debajo de una ventana sin cortinas, y me miró de refilón. No vi de dónde sacó la pipa. La encendió, se aplastó bien contra el asiento y solo entonces me dijo con voz pastosa:

—¿Te manda el Putas?

—No me manda el Putas, no —dije yo.

Entré y me quedé de pie junto al ventanal. Abajo, los camellos de antes seguían sentados en el banco.

—¿Así que te lo montabas con la Lola? —afirmé más que preguntar.

Levantó la vista hacia mí.

—Eso a usté qué le importa.

—Eso a mí me importa mucho, mamón.

Aspiró de la pipa y tosió. Después volvió a encender el mechero, a acercarlo a la embocadura y a aspirar, con la lentitud de movimientos de haberse fumado ya unas cuantas más.

—¿Es usté policía? —me preguntó.

—¿Tengo pinta?

—Esto no es Ceuta —dijo—. Aquí no tienen na que hacer.

—No soy policía, no.

—Pues ya se está largando a toda prisa de aquí.

—Tú sí que te diste prisa en largarte cuando el marido de la Lola la palmó, ¿no?

Levantó la cabeza.

—¿El Charlie? —dijo envuelto en una nube de humo. Se frotó los ojos. El tío estaba colocado a base de bien—. El Charlie era mi colega —afirmó—. Éramos hermanos de sangre.

—¿Por eso te cepillabas a su mujer? —pregunté.

Desvió los ojos.

—Eso son cosas que pasan.

—Sí, el amor —dije yo.

—Fue sin querer.

Dio otra chupada y tosió más. Eché un vistazo a la habitación. No había en ella más que el sillón donde estaba sentado el Darío y una tabla apoyada sobre dos hileras de bloques de hormigón.

—¿Y tú a qué te dedicas, eh, Darío? —le pregunté.

—¿No ma dicho que no era policía?

—No te hagas el listo conmigo, cabrón.

Se lo pensó un momento.

—A esto y aquello —dijo, con menos chulería que amodorramiento.

—A esto y aquello, ¿eh? Explícate mejor.

—De chico trabajé en los mercadillos, con mi familia.

—¿Y luego?

—Luego he hecho de to.

—Conque de to. ¿A qué te fuiste para Ceuta? ¿A pillar o a vender?

—Yo no me meto.

Contuve una risa.

—Ya lo veo que no, chaval.

Miré en torno a mí. Detrás, encima de la tabla y al lado de un cenicero, había una fotografía enmarcada en la que salía el Darío con otros dos más. La cogí. Uno de ellos era el Charlie, el marido de la Lola. El otro me sonaba mucho, ya lo creo. Tenía una cabeza larga, apepinada, con un ojo a cada lado. Igualito que un pez espada.

Dije:

—¿De qué conoces a este?

Levantó la cabeza para mirar.

—¿Al Charlie?

—A ese no —le dije—. Al Pespá.

—Era un chaval de mi pueblo.

—¿Y qué tienes tú que ver con él?

—¿Yo? Na. Esa foto tiene mil años. Desde que éramos unos chavales no lo he vuelto a ver.

Volví a dejar la foto en su sitio. Me paseé sin prisa por la habitación.

—¿Sabes que a tu novia la van a meter en prisión, eh?

Se encogió de hombros.

—La van a enchironar, colega. ¿Te da igual?

No contestó. Su indiferencia terminó de cabrearme y salté sobre él. Me senté a horcajadas sobre sus piernas en el sillón, y lo agarré por el pescuezo. Con la mano libre le di un bofetón.

—¿No dices nada? ¿No te importa, so cabrón?

Mis bofetadas le hacían parpadear. El muy gilipollas hizo amago de llevarse la pipa a la boca y se la arranqué de un hostión.

—¿No te importa que cargue ella sola con las culpas? ¿No vas a dar la cara por ella, puto cobarde de mierda?

—¡Yo no lo maté! —gritó. Se había puesto a lloriquear—. ¡El Charlie era mi colega!

—¿Y la Lola?

Le crucé la cara otra vez.

—¿Qué quiere que haga? —dijo entre hipos—. ¿Yo qué coño puedo hacer? Si vuelvo, estoy jodido, eso seguro.

—¡Seguro! —grité—. ¡Seguro que sí!

El cabrón decía la verdad. Si volvía, estaba jodido. Pero si no volvía, el que iba a estar jodido era yo. Le sacudí otra vez.

—No fue por la Lola, ¿verdad? —grité en su oído—. La Lola se lo hacía con todos, hasta un gilipollas como tú lo tenía que saber. ¿Fue por un asunto de drogas o qué? ¡Suéltalo ya, cabrón!

—¡No lo sé! ¡Yo no sé na! —El mamón se hizo un ovillo y se cubrió la cara con los brazos. Dos metros de tío llorando como un niño chico, qué asco me dio—. ¡No me pegue más, joder!

No había sido él. Eso se sabía. Se sabía cuándo un tío, sobre todo un tío como aquel, decía la verdad. Tal vez pudiera colarte una mentira. Tal vez. Pero si decía la verdad, se sabía.

20

—¿Se puede saber dónde estás? —me preguntó el Pablito.

—¿Y eso qué más da? —le contesté.

—¿Tú eres gilipollas? ¿Es que no te das cuenta de que van a ponerte en busca y captura, majarón? Vuélvete inmediatamente p'acá.

—¿A qué?

—A contárselo al juez.

—Sí, coño, ahora mismo. ¿Y qué le digo, quillo? ¿Que he visto en una fotografía a tres gitanos mu feos? ¿Que esos tres trabajaban juntos en un burdel y que a lo mejor al Charlie se lo cargaron por el mismo motivo que intentaron cargarse al Pespá? ¿O a mí? ¿Y qué? ¿Qué va a hacer él? ¿Va a darme una palmadita en el hombro y a quedarse tan contento?

—Tu padre es abogado, coño. Algo podrá hacer.

—Ni hablar —le dije—. Me quedo aquí una temporada.

—¿Tú estás zumbao, sí o...?

Colgué. Antes de que pudiera convencerme o localizar la llamada, si es que eso no era cosa del cine y se podía hacer de verdad.

Una cosa se podía decir de la casa de mi madre: era cómoda. En todas las habitaciones había wifi, televisión por cable, cuarto de baño con bañera de hidromasaje y secador. Estuve sumergido media hora antes de afeitarme y vestirme, y luego el Ginés y yo fuimos a desayunar.

Mientras untaba la mantequilla en el pan, le pegué un repasito al comedor. Allí me había sentado yo mil veces con mi madre a ver la tele. Allí había aprendido a leer y a patinar, y allí había montado mi primer Ibertrén. «Allí» era un decir, porque no quedaba ni rastro del antiguo comedor. Ahora, un letrerito colgado de la puerta decía que aquello era una *breakfast room*. Una *breakfast room*, no te jode.

—¿Tú te acuerdas de esta casa? —le pregunté al Ginés.

El Ginés había pasado mala noche y ahora dormitaba encima del café. Le di un codazo.

—Que si te acuerdas de esta casa, hombre. ¿Te acuerdas de cuando venían aquí a jugar los hijos del portero? ¿Te acuerdas de los bocadillos que nos preparaba su abuela? De chorizo. De manteca y pimentón. La madre que la parió a la abuela de esos, ¿cómo se llamaba? ¡Rosalía! ¿Tú te acuerdas de la abuela Rosalía, Ginés? Más negra que un tizón, la condená.

—No me acuerdo, Suso.

Se llevó a los labios la taza de café, que osciló entre sus dedos inestable, y se le volcó antes de llegar.

—¡Ginés, coño! No seas guarro.

Dio un respingo.

—Lo siento, quillo...

El Ginés se había hecho mayor. Parecía como si el riñón se lo hubieran extirpado a él en vez de a mí. Lo miré con lástima un momento, preguntándome por qué coño me habría dejado convencer por mi padre para traerlo aquí. En una residencia era donde debía estar.

—Tira, anda —le dije—. Que nos tenemos que marchar.

—Yo me quedo, Suso —dijo él—. Voy a echarme un rato, que estoy muy cansao.

Lo vi alejarse por el pasillo, ladeando un poco el cuerpo y arrastrando los pies al caminar.

Me dirigí a la puerta principal. Tenía que ir a Cádiz a entrevistarme con Zallas, habíamos quedado en encontrarnos allí para revisar la documentación.

En la entrada me crucé con una chica que iba en silla de ruedas y me eché a un lado para dejarla entrar.

—¿Qué pasa? —dijo en tono desafiante, sacudiendo la cabeza en dirección a mí.

—Na, mujer —sonreí.

Una rueda se le atascó en el marco de la puerta e hice amago de ayudarla.

—Puedo sola —me contestó con sequedad.

Hizo una maniobra y se liberó.

Las oficinas de Zallas estaban ubicadas en la séptima planta de una torre de acero y cristal con vistas a la bahía. Por lo que sabía, el cabrón era dueño de esa torre y de la mitad de los edificios de la ciudad. También sabía que mi padre me había enviado allí porque me consideraba un merdellón, y a su viejo amigo, un paria. Sin embargo, por mucho que se sintiera superior, el caso era que Zallas había escalado posiciones y llegado mucho más alto que él, cosa que a mi padre, por supuesto, debía de joderle a base de bien mientras que a mí, en cambio, me provocaba una inmensa satisfacción.

Me recibió su asistente, un tal Benítez.

—El señor Zallas no ha llegado aún —me explicó—. Parece que su vuelo se ha retrasado.

Benítez era un hombre de mediana edad, circunspecto, con la frente despejada y cientos de pequeños capilares rotos alrededor de la nariz. Me invitó a sentarme en una amplia estancia donde tres de las cuatro paredes estaban ocupadas por ventanales de cristal.

—¿Quiere tomar algo?

Le dije que agua y me dio una botella sin abrir. Era uno de esos tíos que no pueden dejar de hablar. Habló sin parar, principalmente de su jefe, mientras se servía algo para él. Me contó la clásica historia edificante del chico pobre y sin estudios que, empezando de la nada, montando puestos de feria y barracas, había llegado a convertirse en uno de los empresarios más importantes del país.

—Sí, eso tengo entendido —le dije—. ¿Cuándo va a llegar?

—P-pues, no puede tardar —dijo con un ligero tartamudeo—. Me ha llamado desde el aeropuerto.

Empezó a soltarme una murga sobre unas recalificaciones de terreno y unos permisos de edificación, y no sé qué puñetas sobre unos ayuntamientos, y dejé de escuchar. Me levanté y eché una ojeada a la habitación. Avancé con mi botella por la mullida alfombra contemplándolo todo. No había muchas cosas, pero las que había parecían lujosas. Objetos de líneas cuadradas sobre abigarradas consolas. Un cáliz, que parecía el Santo Grial, iluminado por un foco. Un lienzo sacado de alguna vieja iglesia con la imagen apenas emborronada de una Anunciación, y colocado estratégicamente sobre un podio para atraer las miradas sobre él.

La única pared de la estancia que no era de cristal había sido empapelada con cientos de fotografías de los edificios de Zallas. Me acerqué a ver. Había una buena colección. Centros comerciales. Teatros. Colegios. Campos de golf. Se veía que Zallas estaba orgulloso de su imperio. Le habría pedido a Benítez una lupa para poder verlas mejor, pero me conformé con atisbar.

En una de ellas había algo que me llamó la atención y arrimé la nariz al cristal. Era un edificio anodino, nada del otro jueves, pero con un cartel sobre la puerta algo sorprendente.

Me volví hacia el asistente.

—¿Y este edificio? —le pregunté.

Benítez vino con su vaso en la mano y miró la fotografía con sumo interés.

—¿Dónde?

—Ahí, donde dice GADIR.

—Hum... —dijo mientras se rascaba el mentón.

—Dice GADIR, ¿no?

—Eso parece el Cerro del Moro.

—¿Y eso de Gadir qué es? —insistí.

Volvió a mirar la fotografía otra vez.

—GADIR —leyó. Negó con la cabeza—. No lo sé.

—Parece un burdel —dije yo.

Me miró incrédulo.

—¿Está usté seguro?

—Muy seguro no —le contesté—. Pero lo parece.

Se apartó de mí dando un tironcito a su manga. Mirándome con una mueca en la boca que parecía el inicio de una náusea, preguntó:

—¿Insinúa que el señor Zallas es el dueño de un burdel?

Retiré la vista de la fotografía para sonreír.

—No, hombre, no. Yo qué voy a insinuar eso. Digo yo que el señor Zallas no será el dueño de todos los negocios que hay en sus edificios. ¿O sí?

—No, claro —dijo él.

Volvió a carraspear mientras se recomponía el nudo de la corbata. Era la clase de tío que no pierde la compostura así se quede encerrado en un retrete y tenga que salir arrastrándose de él.

En ese momento, la puerta del despacho se abrió y los dos nos volvimos a mirar. Un hombre de unos sesenta años, alto y corpulento, con una buena mata de pelo gris, cruzó el despacho y se nos acercó. Tenía una cara agradable tostada por el sol. La boca, que en ese momento sonreía, daba una cierta impresión de crueldad, como un perro enseñando los dientes. Sus ojos pequeños y grises producían algo más que una simple sensación de inquietud. Enseguida me di cuenta de que era ciego.

—Buenos días —dijo mientras extendía la mano en dirección a mí—. Perdóname que te haya hecho esperar. Soy Carmelo Zallas.

—¿Cómo está? —Se la estreché—. Suso Corbacho.

—¿Quieres un café? —me preguntó. Tenía voz de barítono.

—Gracias —contesté.

Asintió y mantuvo en la boca la sonrisa mientras giraba la cabeza en dirección a Benítez, que retrocedió de inmediato hacia una zona del despacho que se abría a un *office* con un pequeño mostrador.

—Siéntate.

Me precedió hasta una mesa de cristal ovalado que se situaba en un extremo de la habitación, me ofreció un puro y, tras haber encendido el suyo, asiento en un cómodo sillón. Él se despatarró en uno idéntico enfrente de mí y echó el humo hacia el techo.

—¿Cómo está Jesús? —me preguntó.

—Bien —contesté. Levanté las cejas y añadí—: Allí se ha quedado.

Sus ojos seguían fijos en el mismo punto de los grandes ventanales situados detrás de mí.

—Tú eres su hijo, ¿verdad? —Sonrió.

—Sí —contesté.

Levantó la mano que acababa de estrecharme y la mantuvo paralela al suelo, a una altura de un metro más o menos. Sus ojos y su rostro perdieron ferocidad.

—Yo te conocí cuando eras así. Mu pequeño. Tú no te acuerdas, ¿verdad?

Sacudí la cabeza.

Algo bruscamente pero con acento lánguido, añadió:

—Me alegro de que Jesús te haya mandado a ti.

Durante los minutos que siguieron estuvimos hablando de la adjudicación. Estaba muy satisfecho. No se trataba de algo realmente importante, dijo, pero para él tenía un significado especial.

—La Serpiente es justo la atracción que a mí más me habría gustado de chaval.

—¿Ah, sí? ¿Por qué?

—¿La has visto? —me preguntó.

Le dije que no. Él se incorporó, con las volutas del humo del puro envolviéndole la cara en una nube gris, y echó el cuerpo hacia delante, hacia una cartera de piel que descansaba en el centro de la mesa. Benítez, que parecía leerle el pensamiento, se le adelantó y abrió él mismo la cartera, y sacando de dentro unos papeles de entre los cuales seleccionó uno que contenía un diseño infográfico, me lo mostró.

Mientras aguardaba mi respuesta, Zallas mantenía congelada en su cara una sonrisa en forma de U y la mirada clavada en el mismo punto impreciso sobre mí.

—¿Qué te parece?

Lo que tenía delante daba miedo. Una montaña rusa con más vueltas que un intestino, coño. Caídas, *loopings*, rizos y raíles retorcidos. Parecía un puto scalextric a tamaño natural.

—¡Joder! —dije sin poder contenerme.

Mi reacción le hizo reír. Sacudió soñadoramente la cabeza y, subrayando sus palabras, aseguró que los parques de atracciones habían sido siempre su pasión.

—Tu padre te habrá hablado de ello, supongo —dijo—. Empecé muy joven, antes de quedarme ciego. Primero montándolos. En verbenas populares, en ferias ambulantes. En los pueblos siempre hay alguna invocación, alguna virgen o algún santo patrón que festejar, así que tuve muchas oportunidades para aprender.

Asentí con la cabeza y le pregunté:

—¿Cómo se quedó ciego?

Fijó su mirada en mí. Me pareció que me taladraba con la vista, aunque luego sus párpados iniciaron un lento viaje de descenso y sus iris desaparecieron cuando pronunció:

—Poliomielitis.

No añadió nada más al respecto. Continuó el relato con la crónica de su ascenso social como si hablara de otro y no de él, ponderando cada sacrificio, cada trabajo que había hecho, recoger aceitunas en el campo de Jaén, enseñar a montar a caballo a los hijos de los payos, chicos de su misma edad más afortunados que él. El trabajo duro codo a codo con los gitanos durante años lo había endurecido. Era algo de lo que no se avergonzaba, según él.

—Aprendí mucho de esa gente —dijo—. A los treinta años monté mi primer parque estable en Conil, en un solar que el ayuntamiento me alquiló. Era un parque modesto, con diez o doce atracciones nada más.

Benítez llegó con las bebidas. Un café, que dejó en la mesa para mí, y un coñac para Zallas. A Zallas le encajó el vaso de vidrio en el hueco de la mano, y su jefe se lo llevó a los labios después de olerlo.

—Una vez estuviste allí con tu madre —dijo dirigiéndose a mí—. Tú no te acordarás.

—¿Dónde?

—En Conil. En mi casa. Pero qué te vas a acordar, si eras un pispajo.

No supe qué contestar. Hablaba con tanta familiaridad de nuestras vidas que tuve la impresión de encontrarme ante uno de esos parientes lejanos a los que hace muchos años que no ves.

Enarqué las cejas.

—Lo siento, señor Zallas, pero...

—Llámame Carmelo —dijo él.

Se volvió hacia su asistente, que permanecía de pie detrás de él, sin mover los ojos, girando la cara nada más. Benítez alargó unos papeles hacia mí.

Me levanté para cogerlos y, antes de que pudiera decir algo, Zallas se puso en pie. La reunión había concluido, al parecer.

—Te avisaré cuando me llamen del ayuntamiento —dijo—. Estarás en un buen hotel, ¿verdad? —me preguntó.

Si no, él podía proporcionarme uno mejor, añadió. Dejó su vaso encima del posavasos que había en el centro de la mesa, con una precisión tan milimétrica que me hizo dudar que fuera ciego de verdad, y me acompañó a la puerta.

Allí, apretándome cordialmente las manos, volvió a repetir:

—Me alegro mucho de que Jesús te haya enviado.

21

—¿Es ciego de verdad? —le pregunté a mi padre.

—Sí —contestó él al otro lado del teléfono.

—¿De qué os conocíais ese y tú, eh, papá?

Por supuesto, mi padre no tenía mucho que decir. Tampoco lo hubiera hecho de tenerlo. En lo tocante a ese asunto estaba mudo, igual que su amigo estaba ciego. No iba a proporcionarme esa o ninguna otra clase de información. Podía comprender su posición. Imaginaba cómo se sentía y por qué; después de todo, a mi padre nadie lo ponía contra las cuerdas, nadie lo presionaba o lo extorsionaba. Y menos yo. No estaba acostumbrado. Mientras estuviera allí, y hasta que se produjese la firma del contrato de Zallas, lo que yo debía hacer exactamente era... nada. Tuve que reconocer que, en su lugar, tal vez yo hubiese procedido igual.

—¿Quieres algo más, Suso? —me preguntó—. Tengo mucho que hacer.

—¿Si quiero algo más? —le dije—. Pues sí, papá.

Mi padre emitió un sonido de impaciencia.

—Tú dirás —dijo, con una nota de cansancio en la voz.

—Tu amigo Zallas es el propietario de media ciudad y de no sé cuántas zarandajas más. Si soy su abogado, coño, lo suyo es que sepa algunas cosas sobre él.

—¿Qué quieres saber?

—Yo qué sé... Cuáles son sus negocios, por ejemplo. ¿Inmobiliarias? ¿Finanzas? ¿Entretenimiento?

Mi padre se demoró un momento en contestar.

—No necesitas saber nada de eso, Suso. Tú solo has ido allí a firmar un contrato. Nada más.

—¿Has oído que alguna vez se dedicara a la prostitución?

—No digas gilipolleces —me soltó de inmediato.

—¿Por qué? ¿Porque es ciego? —Me reí—. Los hay capullos también.

Mi padre se impacientó.

—No me hagas perder más tiempo, Suso.

—¿Tienes prisa, quillo? —le pregunté.

Mi padre no contestó.

—¿Sabes, papá? En el centro hacíamos terapia de grupo. Ya conoces lo que es, sí o qué. A mí siempre me tocaba pasar por maricón. ¿Sabes por qué, quillo?

Por supuesto, mi padre no respondió.

—Porque siempre acababa llorando. ¿Tienes idea de cuál era la razón, eh?

No la tenía. A pesar de ser inteligente, carecía de imaginación.

—Tú —le dije—. Había un huevo de cosas que no entendía, papá. Muchas, aunque casi nunca lo decía, casi nunca decía la verdad. Al psicólogo no le contaba ni la mitad.

Mi padre se limitó a decir:

—Ya sabes lo que tienes que hacer, Suso. —Y colgó.

Era evidente que no tenía la menor confianza en mí. A mí tampoco me había importado nunca que tuviera de mí una buena opinión, solo que en esta ocasión habría sido de gran valor contar con su ayuda. En concreto, un montón de dudas acerca de mi implicación en cierto crimen no se habrían llegado siquiera a suscitar si me hubiera prestado un poco de su colaboración proporcionándome esa coartada. Tal vez yo tuviera una visión idealizada de lo que debía ser un padre. Tal vez.

Tendría que hacer averiguaciones por mi cuenta.

El Cerro del Moro no había cambiado nada. En cuanto me bajé del taxi me topé con un local de tatuajes, una churrería, un puesto de frutas y unos decomisos donde, además de venderse aceite, se hacían fotocopias. Compré dos periódicos que me puse bajo el brazo y eché a andar mientras iba examinando uno por uno cada edificio, cada local que me salía al paso, cada cartel que colgaba de él. Crucé un pequeño arco ojival que daba acceso a una calle muy larga y estrecha llena de tiendas de artículos de piel. Vi escaparates abarrotados de quincalla que parecían salidos de los cuentos de *Las mil y una noches*. Habían hecho de prácticamente todo el centro de Cádiz una zona peatonal. Me gustaba. Le daba un aspecto más humano a la ciudad. La gente iba y venía como la sangre en un organismo vivo.

Emprendí la vuelta por otra calle y crucé el amplio cuadrilátero de una plaza ocupada por coloridos tenderetes. Las palomas se arremolinaban en el suelo, a los pies de los transeúntes, picoteando los desperdicios bajo las patas de las mesas y de las sillas que irrumpían en la plaza emergiendo de los soportales. De cada tienda salía música por un altavoz, formando un acorde alegre e informe que atronaba el aire con su son.

No vi ningún edificio que se pareciera al de la foto.

En un trozo de papel de cuaderno escrito a bolígrafo y pegado con celo en la puerta de un Todo a 100 se anunciaba: SE ARREGLAN MÓVILES Y PC. Entré a preguntar.

El chino de unos quince años que comía Doritos encima del mostrador asomó la nariz por debajo del flequillo y movió la cabeza en dirección a mí.

—As tardes —dijo en perfecto andaluz.

Le di el pendrive. Le dije que estaba estropeado y le pregunté si lo podía arreglar. Después de limpiarse los dedos con un clínex, lo cogió y lo introdujo en uno de los puertos de su ordenador.

—A esto no le pasa na —anunció tras echarle un vistazo.

Le pregunté por qué entonces no lo podía abrir en mi portátil.

—Qué sé yo —me contestó—. Tráigamelo a ver. Yo aquí sí puedo. Son fotos, ¿no? ¿Quiere que se las imprima?

—De eso nada —le dije—. Trae para acá.

—De todas formas, están encriptás —añadió—. Tendría que hacerme con un software, es un formato mu antiguo. Yo se lo puedo conseguir. Mañana o pasao podría tenerlo aquí.

Le dije que sí, que lo hiciera. Y luego salí de la tienda y me di otra vuelta por el barrio.

No encontré ni rastro del Gadir, aunque no tenía nada de extraño. Habían pasado quince años o más. A lo mejor lo habían derribado para construir un bloque de oficinas o un aparcamiento subterráneo. Pensé que de todo eso tal vez en una inmobiliaria me informarían mejor.

Había una sucursal de Metrovacesa unos pocos metros más allá y me acerqué. El empleado, un sesentón con el pelo engominado peinado hacia atrás, me miró por segunda vez cuando pronuncié el nombre de Gadir.

—Ese sitio lo cerraron —dijo.

—Era un burdel, ¿no?

—¿Un burdel? Peor. Si salió en la tele.

—¿Ah, sí? ¿Hace cuánto?

—No sé. Calculo que hará unos quince años.

—¿Y qué era? ¿Una red de prostitución o qué?

—Pero con chavales. Críos muy pequeños. Inmigrantes. Y gitanos sobre to.

—¿Y quién andaba detrás?

—A saber.

Seguí curioseando por el barrio un rato más. Entré en una bodega y pregunté a unos viejos que bebían vino a granel sentados debajo de una pantalla gigante de televisión en la que se retransmitía un partido de la Champions League. Entré en dos o tres bazares y les pregunté a los moros. En una peluquería africana. En un establecimiento de kebabs. Nada. Nadie se acordaba.

Llegué a la pensión cuando estaba a punto de anochecer. Me crucé con media docena de alemanes que arrastraban sus chanclas por el pasillo, gordos y satisfechos de sí mismos y con la cara quemada por el sol. Levanté la cabeza y dije: «¿Qué hay, quillos?», y fui a servirme un whisky a la *breakfast room*. Me senté a beberlo en un sofá de aspecto envejecido, uno de esos muebles nuevos pero fabricados para parecer antiguos que ahora se llaman *vintage*.

Me apuré el whisky de un trago.

Iba a irme ya a la cama cuando alguien entró en la sala empujando la puerta. Era la chica de la silla de ruedas que había visto por la mañana. No dijo ni pío, ni siquiera me miró al atravesar el comedor. Empujó la silla hasta la ventana y se puso a mirar afuera. Dándome la espalda, empezó a liarse un peta. Me dejó todo cortado.

—¿Quieres uno? —me preguntó.

Lo dijo agitando una bolsita en el aire por encima de su cabeza, sin volverse a mirarme.

Tardé un rato en contestar.

—Venga, trae.

Me acerqué. Giró la silla para dármelo. Tenía unos ojos azules que se le salían de la cara.

—Que te aproveche —dijo, y empujó las ruedas de la silla para salir.

Me quedé mirándola.

Sería inválida. Pero era guapa la condená.

22

—¿Cómo está la Lola? —le pregunté al Pablito.

Se tomó su tiempo para contestar.

—Asustada —dijo—. ¿Cómo quieres que esté?

—Ya, coño —maldije—. Me cago en to.

El Pablito resopló.

—Escucha, Suso, han analizado la sangre y las huellas de la casa. Hay indicios de sobra para detenerte. Ese abogado ha pedido muestras de tu ropa para cotejarlas con el ADN del Charlie. Te van a crucificar.

—No corras tanto, Pablito —le dije—. ¿Tú has oído hablar de uno al que llaman Califa?

Dijo que no.

—Menudo policía estás hecho tú. Pero habrás oído hablar del Pespá, el gitano al que apuñalaron en ese gimnasio cuando yo...

—Que sí, coño, que sí —me cortó—. ¿Qué pasa con él?

—De chico fue chapero en Cádiz, en un burdel. Por lo menos eso me contó. Tenía fotos, Pablito.

—Qué fotos.

—Fotos chungas, comprometedoras, en compañía de gente bien. El Califa se enteró y fue a por él.

—Y a mí qué cojones me importa todo eso —dijo el Pablo.

Estaba de mal humor.

—No te cabrees, coño. Ayer lo vi en una foto con el Darío y el Charlie.

—De modo que estás en Cádiz —dijo él.

—¡Bingo! Premio para el caballero.

—No me dejas más opción que dar parte a la policía de allí, Suso.

—Pablito, coño, no seas cabrón. Me pediste que te ayudara, ¿no te acuerdas? Pues ata cabos tú mismo.

Pareció comprender.

—¿Me estás diciendo que al marido de Lola lo mató el mismo que intentó matar al Pespá?

—Bingo otra vez, chaval. Esos tres fueron chaperos en el mismo local, un sitio llamado Gadir. Busca al Califa. El que intentó cargarse al Pespá trabaja para él, un rumano, un tal Mircha. Ha sido él. El Califa lo envió.

—¿Y quién coño es ese Califa?

—Un maricón muy grande.

—Me importa un huevo, Suso.

—Pues a mí no. Está en juego mi pellejo, Pablo. Ayúdame, hostia.

—¿Que te ayude? ¿Cómo?

—No lo sé. Averigua qué era eso del Gadir. Más o menos por el año 2008. Salió en la televisión, tuvo que ser sonado. Mira a ver quién había detrás. Me figuro que el Califa andaría metido, eso por descontado.

Farfulló una protesta.

—¿Cómo coño voy a averiguar yo todo eso?

—No lo sé, Pablo. Eres policía.

—Yo ahí no tengo ninguna jurisdicción.

—Pero tenéis ordenadores, ¿no? Pues investiga, coño. O pregúntaselo a él.

—Yo no voy a hacer nada de eso, Suso. Si tuvieras lo que hay que tener, te vendrías para acá a dar la cara.

—Escucha, Pablo. ¿Tú te crees que soy gilipollas o qué? Yo no he matado a nadie, hostia, y menos al Charlie. Y dudo mucho que lo hayan matado la Lola, el Darío o ninguno de los suyos. ¿Es que no te das cuenta? ¿Te has propuesto darme por el culo como sea? Además, tengo pruebas.

—¿Pruebas? ¿Qué pruebas?

—Esas fotos que te digo, coño. El Pespá me las dio.

—Eso no prueba na.

—Prueba que os estáis equivocando en esto de lao a lao.

No le dije que las fotos eran indescifrables y que estaban metidas en un puñetero pendrive que no se podía leer. Pero eso qué más daba. Lo único que necesitaba yo era que el Pablito se moviera. Que me creyera y se pusiera a indagar.

—Mira, Suso, yo por ti no movería ni un dedo. Pero esa niña no tiene la culpa de nada.

—Gracias, quillo.

Después de hablar con el Pablo volví a patearme la ciudad. Visité dos o tres barrios más, sin éxito, y me volví a Jerez. Llegué a la pensión sobre las tres. Tenía hambre, pero según el horario continental que de acuerdo con la encargada seguían allí, ya era casi la hora de cenar. Fui en busca del Ginés para llevármelo a una tasca. Toqué con los nudillos en su puerta, pero no me contestó. Le pregunté a la mujer por él.

—Se lo han llevado al hospital —respondió.

—¿Cómo que al hospital?

Salí corriendo y llegué a la calle al mismo tiempo que la ambulancia se detenía delante de la puerta y dos enfermeros ayudaban a bajarse de ella al Ginés. Caminaba por su propio pie, pero parecía cincuenta o sesenta años mayor.

—Ginés, coño, ¿qué ha pasado?

Ayudé al enfermero a llevarlo a su habitación y lo metimos en la cama.

—¿Está bien? —le pregunté.

Cuando terminó de rellenar el informe, mientras me lo entregaba, el enfermero puso los ojos en blanco.

—Por esta vez se ha librao —dijo—. Pero su padre es mu mayor, hombre. ¿Cómo lo dejan andar así por ahí?

No supe qué contestar.

—No es mi padre —me limité a decir.

El enfermero sacudió la cabeza, como si estuviera de vuelta de todo, y se metió en la ambulancia, desde donde me advirtió:

—Como no lo aten corto, el pobre viejo se les va en menos de na.

Volví a la habitación. El Ginés estaba recostado en los almohadones viendo algo en la televisión. En la pantalla, las tropas rusas barrían con sus tanques las calles destrozadas de un barrio de Kiev. Me pareció que, dadas las circunstancias, no tenía tan mal aspecto.

—¿Cómo te encuentras, hombre? —le pregunté.

Apartando la vista del frente, amodorrado, me dijo:

—Tengo mucha sed, Suso. Necesito algo de beber.

Me volví para salir.

—Voy por agua.

—No es agua lo que necesito, Suso.

—Ya lo sé, hombre, pero tienes que aguantar.

Ginés se pasó la lengua por los labios.

—Si no bebo algo enseguida, Suso... Yo creo que me voy a morir.

—¡Qué te vas a morir! Lo que vas es a joderte vivo como sigas bebiendo y consumiendo así, majarón.

Soltó una blasfemia.

—Algo de vino, Suso. Lo que sea.

—Que no, Ginés. Que no.

—Mira esto. —Levantó hacia mí un brazo escuálido sacudido por el temblor—. No paso de esta noche como no me des de beber.

Decía la verdad. Y de algo teníamos que morirnos todos algún día, ¿no?

Me fui para la cocina y cogí lo que encontré, un cartón de vino blanco del que se usa para cocinar. Ginés hundió la espalda en el respaldo de la cama y bebió porfiadamente hasta que el vino del cartón se acabó.

Me senté en la cama junto a él.

—Ginés —le dije—. ¿Tú conociste a un amigo de mi padre? ¿Uno que se llama Zallas? ¿De cuando eran chavales?

Ginés se pasó la lengua por los labios. Pareció rejuvenecer.

—Ese no era amigo de tu padre. Trabajaba en la finca de Barbate.

—¿La de mi madre?

—Sus padres eran los guardeses de allí.

—¿Uno ciego? —le pregunté extrañado—. No, hombre, no. El que yo digo es un tío importante. Tiene más dinero que un creso, joder.

Ginés me tendió el cartón de vino, supongo que para que le trajera más.

—Lo será ahora —dijo—. Entonces era un merdellón.

23

—A lo mejor deberíamos volvernos.

Después de considerarlo unos segundos, a mi padre le pareció que era mejor quedarse allí. Me había llamado esa mañana, después de que yo lo llamara a él unas cien veces para intentar contarle lo del Ginés.

—No te importa ni una mijita el pobre diablo, ¿verdad, papá? Ni aunque sea tu hermano.

—Estaba pensando en ti.

—No jodas. ¿Estabas pensando en mí?

Mi padre dejó escapar audiblemente el humo de su cigarrillo por la boca.

—No creo que volver ahora sea lo más prudente.

—En eso tienes razón, quillo. Y todo gracias a ti.

—Yo no diría tanto.

—Habría bastado con que dijeses que esa noche estaba cenando contigo, papá. O jugando al Scattergories. Qué sé yo. Haciendo lo que cojones hagan un padre y un hijo cuando se ven.

Mi padre se aclaró la voz.

—No creí que fuera necesario mentir —dijo con naturalidad.

—Yo no te hablo de mentir, cabrón. Te hablo de dar la cara por tu hijo.

—A mí no me hables de esa forma —me ordenó.

Me reí.

—¿Te crees que aún tengo doce años?

Alguien llamó a su despacho y oí la voz de mi padre apartándose del auricular para decir «adelante», unos pasos adentrándose en la habitación y a mi padre acercándose de nuevo el auricular:

—Si no quieres nada más...

Levanté la vista y contemplé los tejados. A esa hora, justo antes del anochecer, la azotea de la casa ofrecía una panorámica cojonuda de la ciudad. Me acodé en el antepecho y le di un trago al Cutty Sark, que bajó arrasándolo todo hasta mi estómago, me provocó una especie de espasmo y me hizo eructar, mientras le echaba un vistazo al horizonte donde las primeras luces parpadeaban. Recordé la de veces que había subido allí de chico a fumar. La de petas que me había liado. La de tías a las que había metido mano entre la ropa tendida a secar. Con las ideas que yo tenía por entonces sobre lo que iba a hacer cuando me largase de allí y dejase de ser un merdellón se hubieran podido llenar un millar de libros. Sin embargo, allí estaba. Quince años más tarde. Y seguía siendo un merdellón.

—Se está bien aquí, ¿no? —dijo una voz.

Me volví. La niña esa de la silla de ruedas estaba parada en mitad de la azotea mirándome. Me pregunté cuánto tiempo llevaría allí.

—No te había visto, quilla —le dije—. ¿Cómo has subido hasta aquí?

Sonrió. Le dio impulso con una mano a la silla mientras con la otra agarraba un botellín.

—Ahora —dijo con retintín— hay una normativa muy estricta. Los lugares públicos tienen que tener habilitado un acceso para personas con discapacidad. ¿No te has enterado?

—Bueno, mujer —le dije—. No te pongas así.

Volví a acodarme en la barandilla. Ella siguió avanzando hasta llegar a mi altura, se detuvo frente al antepecho y dejó la cerveza allí.

—Una buena caída, ¿no?

Me la quedé mirando.

—No sé —me encogí de hombros—. No me he fijado.

Le di otro trago al Cutty Sark. Llevaba todo el día soplando viento de poniente, y el pelo se me metió en los ojos, pero no lo suficiente como para impedirme mirarla. Era curiosa la tía.

—Yo me llamo Suso —dije, tendiéndole la mano—. Suso Corbacho. ¿Y tú?

—Noelia —contestó sin apartar la vista del frente—. Cobo.

Se volvió para mirarme y sonrió. Pero fue una sonrisa falsa, con la boca nada más. Los ojos, en cambio, aunque eran grandes y expresivos, no sonrieron.

—¿Qué haces aquí? —me preguntó.

Señalé el vaso con un gesto y chasqueé la lengua.

—Pues ya ves. Bebiendo un whiskito.

—No —dijo ella—. Digo aquí, en Jerez.

Aparté un codo de la barandilla y me apoyé sobre el otro. La miré y dije:

—Soy de aquí, niña.

—Ya. Pero tú no vives aquí —insistió—. Nadie vive en una pensión. Aunque sea como esta.

—¿Y cómo es esta? —pregunté con curiosidad.

Encogió levemente los hombros.

—Pija.

Me reí.

—¿Pija? Anda la otra.

—Igual que tú —añadió.

—¿Igual que yo? —repetí divertido. Adelanté hacia ella el mentón—. Para pija tú, niña.

Ella también rio.

—Engañarás a otros —dijo—, pero a mí no. ¿Qué trabajas, en un banco? O no, espera. Eres abogado. ¿A que sí?

La miré sorprendido.

—¡Sí o qué! ¿Cómo cojones lo has adivinado?

Me devolvió una mirada llena de desdén.

—Estáis todos cortados por el mismo patrón.

—Mira tú, la comunista. ¿Y qué? ¿A qué te dedicas tú, prenda?

—Trabajo en la ONCE, no te digo.

—¿De verdad?

—Pues no —replicó zanjando la cuestión—. ¿Quieres? —preguntó ofreciéndome un peta ya liado que sacó de algún lugar.

Levanté el vaso de whisky y negué con un ademán.

Ella esbozó una sonrisa sarcástica.

—Seguro que le das a la coca, ¿a que sí? —sugirió mientras encendía el mechero.

La miré achicando los ojos.

—Qué borde eres, quilla, ¿no?

—¿Acierto?

Suspiré.

—Mira... Noelia era, ¿no? Mira, Noelia, bonita, a lo mejor tú estás muy despacio, pero yo tengo mucho que hacer.

Acercó el mechero al peta y aspiró. La punta ardió con un chasquido. Permaneció un instante mirándome mientras dejaba escapar el humo por la nariz.

A continuación, preguntó:

—¿Te ha molestado?

Bebí un trago.

—No, mujer —dije—, qué me va a molestar. —Apuré el whisky y dejé el vaso en el pretil. Luego la miré con curiosidad—. Eres una miaja borde para ser... —dejé el final de la frase sin acabar.

—¿Para ser... qué? —me desafió.

No contesté. Se levantó una ráfaga de viento que hizo rodar algo por el suelo. Me aparté del antepecho y retiré el vaso de allí.

—Está empezando a refrescar, ¿no, Noelia? ¿Quieres que te ayude a bajar?

Ella echó un vistazo por encima del pretil.

—Que hay ascensor —dijo cansinamente—. Ya te lo he dicho.

—Tú verás, quilla. Aquí el viento de poniente es muy traidor. No te digo más.

Había dado el primer paso hacia la puerta cuando se volvió hacia mí.

—¿Qué vas, a por la rebequita?

Me detuve y sonreí.

—Qué simpática la niña.

Ella no sonrió.

—No soy ni una niña ni una inválida —replicó.

—¿Y qué es lo que eres, guapa?

—No lo sé —dijo—. Dímelo tú.

Me quedé un momento allí plantado, mirándola como un majarón. Luego me fui hacia ella, como si alguien me hubiera empujado por atrás, y la agarré por el pelo. Le hice levantar la cabeza hacia mí, la piel estirada y los ojos achinados. Pero todo el ímpetu que me había impulsado a hacerlo de repente se esfumó.

—Qué —me preguntó.

Me acuclillé frente a ella. Le besé los labios. Olían a menta. Sabían bien.

24

Me estiré en la cama y dejé caer el brazo en el otro lado del colchón. Estaba vacío, y abrí los ojos. Oí cerrarse el grifo de la ducha y, al cabo de unos minutos, Noelia abrió la puerta del cuarto de baño y salió en albornoz. El pelo mojado y hecho hebras. Los pies descalzos sobre la plataforma de la silla. Parecía una niña chica, sin maquillar.

—Buenos días —le dije. Y me incorporé.

Ella me echó un vistazo de reojo mientras se desplazaba hasta el espejo, donde empezó a cepillarse el pelo.

—Se hace tarde —dijo con sequedad.

Me apoyé en el codo sobre los almohadones y me encendí un cigarrillo. Lancé una bocanada de humo hacia el techo y la señalé.

—¿Te has levantado con el pie izquierdo? —le pregunté.

No se volvió.

—Normalmente me levanto con el culo —contestó.

No pude por menos que reír. Tenía un sentido del humor de lo más cabrón, la condenada. Pero me gustaba.

Le dije:

—¿Cómo te pasó lo de...?

Apartó los ojos del espejo y me miró.

—¿Ser inválida? —completó.

Bajé la mano para coger el cenicero y apoyé el cigarrillo en él.

—Eso.

Contestó tras un instante.

—Un accidente de coche.

—Joder. ¿Ibas puesta o qué?

Recorrió el espejo con la vista y posó una mirada dura, glacial, sobre mi reflejo. Una mirada asesina. Después la desvió para decir:

—No conducía yo.

Le pregunté quién conducía. Siguió dirigiéndose a mi reflejo.

—Mis padres —dijo—. Mi padre.

—No jodas. ¿Y qué les pasó a ellos?

—Ellos están bien.

Chasqueé la lengua.

—Y tú estás encabronada, ¿no?

Volvió la cabeza para mirarme.

—No, si no me extraña —dije.

—No lo estoy.

—Lo estás —insistí.

—¿Qué coño sabrás tú?

Le sostuve la mirada. Después de sopesarlo un momento, repliqué:

—Pues no me lo creo. Ese humor avinagrado que te gastas tiene que venir de algún lado.

—Te crees muy listo. —Soltó una breve carcajada muy falsa—. ¿Y el tuyo, qué? ¿De dónde viene?

Me encogí de hombros.

—¿El mío? Pues muy sencillo. De mi padre, que es un cabrón.

Se volvió hacia el espejo otra vez.

—Tengo que vestirme —dijo cortante.

Le pregunté si podía ayudarla y contestó que no.

Aún notaba ese olor a menta que me había dejado en la boca cuando regresé a mi habitación. Me di una ducha y me afeité. Me dejé caer en la cama con los ojos cerrados y permanecí un rato así, pensando y repensando.

Cuando entré en la *breakfast room* me moría de hambre. La encargada me dijo que ya era tarde para desayunar.

—No son más que las once —gruñí.

Me recordó que seguían el horario continental.

—Nos comen los guiris —me lamenté.

Volvió a marcharse y regresó con un par de huevos fritos con jamón, unas tostadas y un café. Se lo agradecí como Dios manda y me lo zampé. Cuando vino para llevarse los platos, me preguntó por el Ginés.

—Está bien —mentí—. Ese tiene más vidas que un gato.

Me dio vergüenza decirle la verdad. Que no había pasado a verlo aún.

Llegué al Cerro del Moro justo cuando el chino acababa de abrir la tienda, ni siquiera había encendido las luces del local. En esa ocasión, se estaba comiendo un montado de lomo apoyado en el mostrador, que estaba lleno de migajas. En el aire flotaba el olor del adobo y las especias.

Dejé el portátil a un lado y le pregunté si se acordaba de mí. El chino miró el portátil y luego me miró a mí, se llevó a los labios el pico de una servilleta de papel y mientras me señalaba con un dedo, sonrió.

—El tío de las fotos.

Le devolví la sonrisa y señalé el portátil sobre el mostrador. Él se acabó el montado de un bocado, desapareció un par de minutos y regresó sonriente.

—Me costó, coño, pero al final di con él.

Se refería al software del que me había hablado, explicó. Sin pedirme permiso abrió el portátil y estuvo enredando en él un minuto o dos. Luego extendió una mano hacia mí.

—El pen, quillo.

Le di el pendrive. Él lo introdujo en el puerto y pasó los dedos por el *trackpad.*

—Arreglao —dijo girando hacia mí la pantalla, en la que se veía una carpeta con unos cuantos ficheros—. ¿Quiere que se las imprima? —me preguntó—. Salen a cero cincuenta cada una si son más de diez.

Le dije que no y salí a toda hostia del local.

Estaba inquieto, como si intuyese que lo que iba a encontrarme iba a ser peor de lo que esperaba.

Fui a sentarme en un parque que había cerca de allí. Dentro de una hondonada de piedra en forma de cúpula invertida, rodeada de gradas, una docena de chavales practicaban *skate.* Cada pocos segundos, uno de ellos se dejaba caer desde el borde y otro emergía, desafiando la gravedad, remontando el aire con el patinete pegado a los pies y driblando como un surfista dribla en la cresta de una ola antes de volver a dejarse engullir por el mar.

Seguí contemplándolos mientras abría el portátil. Tamborileé con los dedos sobre la superficie niquelada, aguardando a que el sistema arrancara. Cuando lo hizo, deslicé los dedos sobre el *trackpad.* No tardé en localizar los archivos, que estaban guardados en una carpeta a la que el chino había denominado «X Files».

Hasta mí llegaba el irregular estruendo de las ruedas de los patinetes rodando por las imperfecciones del hormigón. Acababa de abrir uno de los ficheros cuando sentí la primera sacudida. Un *déjà vu*, una sensación de vértigo en la memoria, como si hubiera sido catapultado hacia el pasado.

Lo reconocí de inmediato. La mirada equívoca, perturbadora. La postura. La forma de sostener al crío encima de él, sobre sus rodillas desnudas. Sentí una náusea, una contracción involuntaria que me revolvió el estómago y que esta vez no pude contener.

Vomité sobre la grada. A mis pies.

Uno a uno, los chavales emergieron de la hondonada y se fueron apostando a mi alrededor, con los *skates* apoyados en la cadera en posición vertical. Uno de ellos sacó el móvil y me fotografió.

25

—Era una especie de burdel —dijo el Pablo—. Había más. En Málaga, en Torremolinos. Y en Marbella, creo. En Sevilla también. Todos formaban parte de una red más complicada. Prostitución. Pornografía infantil.

Se hizo un silencio. Pablo lo rompió.

—¿Qué pasa, coño? ¿No dices nada? Otras veces no hay quien te calle la puta boca y hoy...

—¿Lo has localizado ya? —le interrumpí.

—¿Al Califa? —preguntó—. No, aún no. Y tampoco hay nada contra él. Aquello se desmanteló en 2009 o 2010, y no hubo más procesados que los camellos y los responsables de los establecimientos que cerraron. No se pudo llegar más alto. Las organizaciones que se dedican a eso saben mantener el secreto. Y los clientes no suelen dar la cara. Somos policías y queremos que se cumpla la ley, pero solo te diré una palabra, Suso: políticos. —Hizo un silencio—. Puta corrupción... —dijo entre dientes—. De todas formas, por aquel entonces estaba en chirona por otra cosa. Algo relacionado con un accidente en un parque de atracciones en el que murieron tres críos.

—Sí, ya lo sé.

—¿Lo sabes ya? Lo sabes todo, ¿sí o qué? Pues di algo, coño, que pareces el puto personaje de una serie de televisión. ¿Qué te ha pasado, joder?

—Busca al Califa, Pablo. Sale en las fotografías con el Charlie.

—¿Con el Charlie? Los muertos no hablan, Suso.

—El Califa no está muerto. Hacerlo hablar a él.

—Y si no habla, ¿qué?

—Está el Darío.

—Ese no te va a decir na.

—Ya veremos. O cuenta la verdad, o se la saco a hostias.

—Y si no, ¿qué? ¿Te vas a quedar pa siempre ahí? ¿Te ha gustao?

Me tomé un minuto para responder.

—Mi tío anda jodido.

—¿El Ginés?

—Me gustaría llevarlo a casa, Pablito. Ponte a buscar a ese cabrón.

—A quien se supone que debería estar buscando es a ti, majarón. Me cortan las pelotas si se enteran de que sé dónde andas y no doy parte.

—Me importan un huevo tus pelotas —protesté—. Encuéntralo, hostia, que sois todos una puta panda de inútiles, me cago en Dios.

—Ese Califa debe de haberse olido algo, Suso, te lo digo yo. No hay ni rastro de él.

—¿Lo habéis buscado bien?

—Por tierra y por mar. ¿A ti no te ha vuelto a llamar?

—Me llamó mientras estaba en el hospital. Quería saber dónde tenía las fotos, o que le devolviera su dinero.

—¿Qué dinero?

—Joder, Pablito, no te enteras de nada, coño. Los veinticinco mil que me dio por recuperar esas fotos, y que yo le di a la Sagra para que el Pespá y ella se largaran de allí. Lo que pasa es que no oí su mensaje hasta varios días después, cuando me recuperé.

—Se ve que mucho no le importan esos veinticinco mil.

—Encuentra a ese mierda, Pablo, y hazlo hablar. Si algún pez gordo andaba metido en todo aquello del Gadir, él lo sabrá. Te pondrán una condecoración.

—Me meto por el culo yo tus condecoraciones, Suso, no te jode. Que te den.

Me quedé mirando mi copa mientras decía:

—Es mi padre. Nunca me ha gustado. Tampoco debía de gustarle mucho a mi madre, pero se casó con él. ¿Por qué? Ni puta idea. No llevaban aún ocho meses de casados cuando nací yo, chaval. Ata cabos tú mismo.

El tío que estaba al otro lado de la barra del pub irlandés, un pelirrojo menudo con la cabeza encajada en el tronco sin solución de continuidad, me miró con una indulgencia desdeñosa, como si yo fuera un débil mental. Vi que miraba así a todo español que entraba en el local, así que no me cabreé. Tampoco podía. Llevaba una tajá descomunal.

—A mucha gente no le gustan sus padres, ¿verdad? —levanté el vaso hacia él—. ¿A ti te gustan los tuyos, colega?

El pelirrojo me miró frunciendo el ceño.

—Mi tío, ese es otro —añadí. Eché un trago y dejé la copa sobre el mostrador—. Antes no estaba mal. Ahora no es más que un toxicómano. Pero podría prescindir de mi padre.

Volví a beber de la copa hasta que la vacié.

—¿Qué nos pasa? —le pregunté, no con ánimo de que me contestara, sino como si me lo preguntase a mí mismo—. ¿Es que ya no...?

Un tipo grande con cara de nuez arrugada abrió una puerta lateral y dijo:

—*Come play a little chinchón, Pete!*

—*Leave me alone.*

El tipo que había asomado me echó una mirada displicente desde la puerta, y desapareció tras ella.

—¿A ti tu padre te pegaba? —le pregunté a Pete—. Ponme otra, mamón.

Le apunté con la copa.

—¿Te daba mucho por el culo?

En la cocina, al otro lado de la barra, sonaba *We are the champions* de Queen.

El teléfono vibró dentro de mi americana. Volví a levantar el vaso para que Pete lo rellenara mientras sacaba el móvil del bolsillo. Contesté sin mirar quién llamaba.

Era mi padre. Él.

—Lo siento —respondí—. Estoy muy ocupado y...

Entonces se oyó un ruido y la comunicación se cortó.

Pete me había llenado el vaso de Jameson otra vez. Bebí y le di a la tecla de rellamar. Mi padre contestó inmediatamente.

—¿Qué pasa, chaval? —le pregunté con un exceso de cordialidad. Eso y mi voz pastosa debieron de alertarlo enseguida sobre mi grado de embriaguez.

Mi padre dijo:

—Ojalá estuvieses lo bastante sobrio como para poder hablar contigo.

Solté una risa.

—No hablaría contigo si estuviera sobrio, coño, papá. ¿Qué? —le pregunté—. ¿Te has follado a algún crío últimamente?

Oí el sonido de su respiración.

—Vas a acabar muy mal, hijo, como sigas...

—He visto las fotografías, papá —lo interrumpí.

Se hizo un silencio. Mi padre lo rompió.

—No sé... ¿A qué fotografías te refieres, Suso?

Pareció confuso o lo fingió. Se lo aclaré.

—Pero mira que os habéis estropeado los dos, coño. Ese hijoputa del Califa y tú estabais aún la mar de bien, tan jóvenes, con vuestros taparrabos, como un par de maricones disfrazados, con vuestro puto decorado repleto de gilipolleces griegas de esas, y vuestro harén lleno de niños. A esos gitanillos no se los veía tan contentos, eso sí. —Solté una risotada llena de acre desdén—. A ver, si debisteis de dejarles el culo como un colador.

Mi padre tardó un rato en reaccionar.

—No espero que lo comprendas, Suso.

—¿Comprenderlo? —dije con asco—. Quillo, si comprendiera una miaja de to eso, me pegaría un tiro aquí mismo. Querría decir que soy como tú.

Lo oí cambiarse de mano el auricular.

—¿Fuiste tú, papá? —quise saber—. ¿O fue el Califa?

—¿De qué estás hablando?

—¿Mataste tú a ese gitano? Al Charlie, papá. ¿O fue él?

En el segundo que siguió no me fue difícil imaginar a mi padre, hierático, con los ojos fríos y la mirada clavada en su escritorio, sin reaccionar, quizá apretando ligeramente en su mano el auricular.

—Yo no he matado a nadie —dijo sin vacilar.

—¿Y yo cómo lo sé?

—Ni siquiera estaba en Ceuta cuando ocurrió. Y puedo demostrarlo.

—¿Y eso qué? —me apresuré a decir—. No sería la primera vez que mandas a alguien a hacer el trabajo por ti, ¿no, papá? Vosotros no os ensuciáis las manos.

—No he sido yo, Suso —repitió.

—¿Y por qué iba a creerte, eh? —Pete subió el volumen de la radio y tarareé un trozo de la canción de Queen—. O la policía...

—Estás borracho —dijo mi padre.

—Coño, papá, ¿se me nota tanto? —Me reí. Me estaba empezando a marear. Pete, desde el otro lado de la barra, me miró mientras le sacaba brillo a un vaso—. Y te digo otra cosita, papá —agregué—. No esperes que tampoco yo mienta por ti, cabronazo. Ojo por ojo, diente por... ¿Era así o qué?

—Me gustaría recuperar esas fotos, Suso —dijo sin ningún matiz de ansiedad en la voz.

—Y un huevo —contesté.

—Te pagaré.

—Me importa un carajo tu dinero.

—Puedo conseguirlas yo mismo —dijo a continuación—. Pero preferiría que me las dieses tú, Suso.

—¡Coño! ¿Me vas a dar matarile a mí también?

Mi padre suspiró. O tal vez había encendido un cigarrillo y simplemente expulsó el aire por la nariz. Tardó más de un minuto en volver a hablar.

—Tenía la esperanza de no tener que decírtelo yo —anunció, flemático.

—Decirme el qué.

—Acaban de llamarme del hospital. Tu tío ha sufrido una embolia.

Una hora después, cuando unos nudillos golpearon en la puerta de mi habitación, yo estaba sentado en el borde de la cama pasándole un trapo a los cristales de mis gafas, a medio vestir.

Había intentado ponerme los calcetines varias veces sin éxito. También había vomitado.

—Pasa, coño —dije con un hilo de voz.

La puerta se abrió unos centímetros antes de que nadie la traspusiera para entrar. Un segundo después, la silla de ruedas empujó la hoja y la puerta se abrió del todo, golpeando contra la pared.

—Lo siento —dijo Noelia, haciendo avanzar unos centímetros la silla dentro de la habitación.

Levanté los ojos hacia ella y los volví a bajar.

—Ah, eres tú.

—Sí, soy yo —dijo con aire ofendido—. Pero mejor me voy.

Emití un suspiro de impaciencia cuando hizo retroceder la silla. No me apetecía un carajo discutir. En ese momento no. Ginés estaba en el hospital. Había sufrido una embolia. Si es que no estaba muerto ya.

—¿Adónde vas? —la retuve—. Ven aquí, coño, no seas tan suspicaz.

Se detuvo. Hizo girar de nuevo la silla y se volvió.

—¿Qué te pasa? —me preguntó.

—No me pasa nada. ¿Qué me va a pasar? —Di unos golpecitos en la cama junto a mí—. Anda, ven aquí.

Se acercó de mala gana. Se detuvo a medio metro de la cama y se cruzó de brazos, y desde allí se quedó observándome sin hablar. La piel de su cara olía tanto a jabón, y su pelo, con ese brillo limpio del de los críos, tanto a champú, que hacían que toda ella pareciera recién salida de una bolsa de caramelos.

—¿Qué te pasa? —repitió.

—Que no me pasa nada, mujer.

—Qué —insistió.

La miré sin saber si reír o llorar. Moví la cabeza para afirmar:

—Eres la hostia, tú.

Sacudí la cabeza y volví a probar con los calcetines otra vez.

—Mi tío está en el hospital —le dije—. Ha sufrido una embolia.

Permaneció impertérrita.

—¿Sí o qué? —se limitó a decir—. ¿Y por qué no estás allí?

Le lancé una mirada asesina.

—En cuanto tengas la amabilidad de darte el piro...

Enrojeció. Tendí la mano hacia ella. Miró mi mano y apartó la vista de ella para contestar.

—Perdona que no me levante —dijo con mordacidad.

Sonreí.

—Si te mordieses la lengua, caerías fulminada, ¿eh, niña?

Dejé el calcetín sobre la cama. Me levanté despacio y me arrodillé. Le abrí las piernas y la acaricié, llevé la otra mano dentro de su blusa y aparté el tirante del sujetador. La rocé con la punta de los dedos nada más. Ella se curvó de placer.

26

Sosteniendo el cigarrillo apagado entre los labios, pegado a la ventana, miré lenta y cuidadosamente aquella habitación de muebles baratos. Luego me acerqué a la cama y tiré un poco de la sábana para tapar al Ginés. Estaba consciente. Pero no hablaba. Se movía y gesticulaba. Pero como un autómata. Yo lo llevaba al cuarto de baño y lo ayudaba a orinar para después conducirlo nuevamente a la cama. Durante los últimos días no me había apartado de él.

Ginés retiró la sábana con que lo había cubierto, se sentó como un sonámbulo en el borde de la cama, con la vista perdida y los ojos fijos en algún punto distante. Después se calzó las zapatillas sin mirarlas, y con la bata en el brazo, cruzó el cuarto hacia el mueble donde descansaba el televisor. Dentro estaban nuestras cosas. Revolvió entre ellas mientras se tiraba de la pulsera que, rodeando la muñeca y con sus datos personales escritos en ella, le habían puesto al ingresar.

—¿Qué haces, joder? —le pregunté. Apoyé el intacto cigarrillo en la mesita de noche y fui hacia él—. ¿Por qué no me lo pides a mí, hombre? ¿Qué quieres?

Ginés se volvió. Ausente, sin verme. Me quedé quieto un momento, mirándolo con ojos que ponderaban su condición, tan fríamente como si el Ginés fuese un objeto inanimado. Luego le puse la mano en la muñeca, en el brazo, y lo apreté.

Ginés no hizo sonido ni movimiento alguno, sometido por completo a su estado de postración. Cuando volví a llevarlo a la cama, seguía con el rostro impertérrito, como una careta, y no opuso ninguna resistencia cuando lo acosté.

Meneé la cabeza despacio.

—No, Ginés, no haces nada bien tu trabajo, coño. —Y de pronto me hirvió la sangre y se me inflamaron los ojos y lo tenía en mis brazos, y el Ginés se quejaba suave, guturalmente, mientras yo me apartaba y me secaba los ojos y la nariz y soltaba por lo bajo una maldición.

Unos nudillos golpearon la puerta y entró una enfermera. Nos miró de reojo comprendiendo. Mientras yo me apartaba, dijo:

—Acaban de servir la comida. ¿Le traigo un poco de caldo a su tío?

—No —contesté.

La mujer, manteniendo la misma mirada apenada, salió cerrando la puerta.

Tenía que apartarme un rato de allí.

En la calle se me acercó un yonqui sin los incisivos de arriba, en chándal necesitado de lavado, y se sacó algo del bolsillo. Movió la cabeza escudriñando con sus ojos pequeños como semillas de alcaravea a su alrededor, y me encajó disimuladamente el paquetito bajo las costillas.

—Polen del bueno... —dijo—. Cien na más. ¿Qué dices, chaval?

Sonriendo, le puse una mano en el hombro, y después de atraerlo hacia mí, le arrebaté el paquetito, lo aparté de un empujón y, tras sacar un par de billetes de cincuenta, se los di.

Cerca del puerto entré en un estanco a comprar un paquete de Lucky Strike. Compré también chicles, un bolígrafo, un sello de correos y una tarjeta postal. Me senté en un banco junto a la dársena y escribí en ella el nombre y la dirección de Sandrine. Después añadí unas líneas para ella. Le decía que la echaba de menos, que nunca la había olvidado. Le decía que pronto se pondría buena del todo, que se cuidara hasta entonces e intentara portarse bien. Del niño no le decía nada. Nunca se lo dije.

Cuando acabé de escribirla, como siempre, la estuve mirando un rato y, como siempre, la rompí.

Busqué en mi bolsillo el polen que le había comprado al yonqui. Después de deshacerlo, lo mezclé con un Lucky Strike y lo encendí. Fumaba despacio, saboreando el bouquet de la hierba, dejando que el humo se me pegase, pastoso, al paladar y agradeciendo la calidez del fluido que, al introducirse en mi garganta y bajar por mi esófago, me producía cierta laxitud. Sin tratar de evitarlo, dejé que mis miembros y mi cabeza se entregaran también a esa laxitud y, apoyado contra el respaldo de piedra del banco, me dormí.

Soñé con un niño. Fue un sueño muy nítido en el que veía cómo el crío rompía un espejo jugando al balón y, acojonado, echaba a correr hacia la calle. Atravesando un descampado llegaba al puerto, donde las embarcaciones se alineaban enfrente de los camiones atracados con las puertas abiertas y los motores al ralentí. Hasta que, llegado cierto punto, se detenía. Entonces, mirando más allá de la dársena desierta, soltaba un alarido animal.

Me desperté aturdido, con un dolor punzante en el pecho que me impedía respirar. Aún estaba intentando recuperar el aliento cuando sonó mi teléfono. Era la Palo. Me llamaba porque había encontrado «eso».

—«Eso» —repetí yo—. ¿Y qué coño es «eso», Palo?

A la Palo le sentó mal mi respuesta.

—Si te vas a poner borde, cuelgo —dijo cabreada.

Volví a preguntarle, esta vez amablemente, a qué cojones se refería. La Palo me recordó que le había pedido que buscara la nota simple de un local. Un local del que yo ignoraba hasta la dirección.

—Un sitio llamado Gadir, Suso. Carajo, ¿es que ya no te acuerdas?

—Sí, coño.

—¿Lo necesitas sí o no?

—Claro que lo necesito, Palo, sí.

—Porque me costó Dios y ayuda averiguar dónde estaba.

Y a mí me estaba costando Dios y ayuda que me lo dijera.

—Y encima va tu padre y me echa una bronca monumental. Como si yo tuviera la culpa de na.

—Tú no tienes la culpa de nada, Palo —la calmé.

—Pues eso díselo a él, que hasta me quitó el papel y lo rompió.

—¿Cómo que lo rompió?

—Que me ocupara de los asuntos del despacho y no de los tuyos, me dijo. O me echaba.

—¿Lo rompió?

—Es mi jefe, Suso. ¿Qué voy a hacer si me echa? ¿Le vas a dar tú de comer al hijo de mi hermana?

—¿La volviste a pedir?

La Palo guardó un ofendido silencio y después continuó.

—Me llegó por mail, Suso. No la tengo que pedir, está en la carpeta de «Descargas» de mi ordenador. ¿Quieres que te la envíe?

Le dije que sí.

—De todas formas —añadió—, me acuerdo del nombre del propietario. Por si lo quieres saber.

—No jodas. Claro que quiero saberlo.

—Jumilla, S. L. Una sociedad de inversión.

—Palo, coño, eso no me dice nada.

Volvió a cabrearse. Me dijo que había pedido un informe mercantil. Me dio el nombre de los inversores. Y yo, después de sopesarlo un momento, no digo que sorprendido pero sí un poco confuso, se lo agradecí. Le dije que me había hecho un gran favor, que en cuanto regresara a casa se lo agradecería como Dios mandaba y colgué.

El sol estaba en su cénit, debía de llevar una hora tumbado en ese banco, a la vista de todo el que pasara, que, seguramente, pensaría que yo era un merdellón. Me fui sentando despacio, apoyándome en la piedra con las palmas de las manos y girando el cuerpo hacia un lado para esquivar el dolor lumbar.

Mientras caminaba por la calle Sagasta, rebusqué en mi memoria todo lo que sabía o había oído aquí y allá sobre Carmelo Zallas. Los años en que había elecciones, los medios de la oposición se habían acostumbrado a ensañarse con él, diseminando rumores acerca de prevaricaciones y cohechos, adjudicaciones sospechosas del gobierno de la Comunidad, muchos de los cuales, probablemente, serían ciertos. Tan alto no se llega con las manos limpias. Me vinieron a la cabeza detalles de algunos de los escándalos en los que se había visto envuelto. El derrumbe de un edificio de viviendas en Rota. La financiación ilegal de una ONG. Pero nunca habían llegado a imputarlo por nada concreto. Ni tampoco, al menos que yo supiera, lo habían relacionado nunca con la pornografía o la prostitución. Sabía que desde hacía varios meses estaba preparando su entrada en política, así que cualquier escándalo en ese momento podía ser muy perjudicial para él.

Compré un cucurucho de vainilla en un puesto de helados del paseo marítimo antes de volver al hospital, y fui a sentarme a un parque infantil encajonado entre las fachadas traseras de dos edificios. Me acomodé en un columpio medio corroído por el óxido, unido a la estructura por cadenas que chirriaron con mi peso, y empecé a chupar el cucurucho. Sabía remotamente a vainilla y bastante a demonios, y lo tiré. A mis pies, en el suelo, había un periódico medio deshecho que parecía del día. Me agaché a recogerlo y lo desplegué.

Me topé con la noticia en la tercera página. Un artículo sin foto, escueto.

ASESINADO EN SU CASA UN MÁNAGER MUSICAL

El cadáver de Francisco Anguita, alias el Califa, hallado en su casa por la policía local.

A última hora de la tarde de ayer fue descubierto el cuerpo apuñalado de Francisco Anguita, de setenta y dos años, mánager de artistas musicales afincado en Ceuta. Fue Julia F., su empleada de hogar, quien entró en el piso de la avenida Tarajal en el popular barrio del Príncipe, donde vivía la víctima, para realizar la limpieza semanal y encontró el cadáver. El cuerpo presentaba diez heridas de arma blanca.

Anguita tenía antecedentes penales por tráfico ilegal, prostitución y apuestas, y había cumplido condena por su implicación en el accidente del parque de atracciones Bahía Park de Jerez en el año 2008, en el que murieron tres personas.

Las heridas, diez y todas mortales, fueron...

27

Hasta ahora había pensado que conocía el alcance de lo mío con las autoridades, y que se reducía a quitarme de encima la condición de sospechoso de asesinato porque otro, el Califa, o quizá mi propio padre, lo había cometido y no yo. Pero cuando entré por la puerta de la casa de mi madre, ahora convertida en pensión, la encargada me dijo que la policía había estado preguntando por mí. Y luego, cuando un par de horas más tarde abrí los ojos y me incorporé en la cama, donde me había recostado vestido a descansar, el Pablo me estaba zarandeando y en la puerta del cuarto había otro agente de uniforme con una pistola en la mano.

Pablito estaba diciéndome:

—No me ha quedado más remedio, chaval. Me han obligado a...

—Levántese —dijo el agente de la pistola.

Era un tío alto y endeble, calvo, aunque no tendría más de treinta años.

Pablo se volvió para mirarlo.

—¿Pero qué haces, hostia? ¡Guárdate eso, chalao!

Para entonces yo ya me había despertado. Miré al Pablo, que no parecía muy contento de estar allí. Sacudió la cabeza, puso los ojos en blanco y arrugó la nariz como si le hubieran dejado encima a un niño al que hubiera que cambiar el pañal.

—¿Qué coño haces aquí? —pregunté. Señalé al calvo y le dije—: ¿Te importaría apuntar para otro lado?

Pablito se volvió hacia él:

—¡Que guardes eso, coño!

El calvo metió la pistola en la cartuchera y empezó a decir:

—Queda detenido...

—¡Cállate, hostia! —gritó el Pablo—. Anda, salte un momento de aquí.

—Pero...

—Déjame hablar con mi amigo, hostia.

El agente empezó a mover la cabeza de un lado a otro y salió despacio de la habitación.

—Tengo algo que contarte —le dije.

—Me alegro, chaval, pero se lo estás contando a la persona equivocada.

—En esas fotos no salía solo el Califa, Pablito. Salía alguien más. Alguien de quien no te hablé.

—Eso cuéntaselo al juez.

—Yo no tenía motivos para cargarme al Charlie y tú lo sabes. Ni siquiera nos conocíamos. Pero él sí.

—Me parece muy bien, quillo —dijo el Pablo—, solo que estás vendiendo la moto donde nadie te la puede comprar.

—Tenemos que encontrar al Darío, Pablo. —Bajé una pierna de la cama y me enderecé.

—Yo no tengo que encontrar a nadie.

—El Darío salía en las fotos con él.

—¿Con él? ¿Con él con quién, coño?

Vacilé.

—Con mi padre.

Arrugó la cara como una nuez.

—¿Quién has dicho?

Recorrí con la mirada la habitación, eludiendo su examen, antes de volver a posarla en él.

—Ya me has oído.

El labio inferior de Pablito subió al encuentro del superior. El blanco de sus ojos asomó por debajo de los iris mientras me contemplaba de hito en hito.

—¿Tú me has tomado por gilipollas? —dijo despacio, como si empezara a dudar de mí.

Se apartó de la cama, y se afianzó sobre sus dos pies.

—Venga, vamos —dijo tirando de mí—. No me toques más los cojones.

Le dije que había pruebas suficientes contra él.

—¿Quién crees que ha matado al Califa?

—No lo sé —aseguró con chacota—. ¿Tu padre, quillo? ¿La reina madre? ¿Papá Noel?

Lo miré a la cara, apelando a nuestra vieja amistad.

—Te estoy diciendo la verdad.

—¡Y yo te digo que tires, hombre! Hasta ahí podíamos llegar.

—Déjame hablar con el Darío.

—Y yo te digo que dejes de cachondearte de mí o te meto una hostia que te pongo los dientes de peineta.

El tirador de la puerta se movió.

Golpeé al Pablito con la mano izquierda y lo mandé al suelo sin sentido. La lámpara que lancé con la derecha contra el agente que me apuntaba desde la puerta describió un arco y fue a aterrizar sobre su arma.

Nunca había oído el estruendo de una pistola al dispararse. Sentí el impacto en la pierna y me caí. Rodé por el suelo y pude llegar hasta el calvo, derribarlo y defenderme a duras penas de los golpes que me asestaba con el puño cerrado en la espalda y la cabeza hasta que conseguí liberar una mano y lo noqueé de un derechazo en la nariz.

Tardé apenas treinta segundos en salir de allí.

Después de arreglármelas como pude para contener la hemorragia y evitar que el taxista viera la sangre decorando la tapicería de su reluciente Dacia, me bajé en el hospital. El Ginés ni siquiera me sintió abrir la puerta y cruzar el cuarto como una exhalación para encerrarme en el baño, donde me enrollé una toalla alrededor de la herida y apreté. La bala del agente me había dejado un surco de unos ocho centímetros por debajo de la rodilla. Pero no era muy profundo. Cuando conseguí detener la hemorragia, lo curé con alcohol y me puse una venda que encontré entre el material sanitario que había en la habitación. Me dolía un poco al andar, casi como para hacerme cojear, pero me tomé un analgésico de los del Ginés, me duché en su ducha y lavé en su lavabo la mancha del pantalón. Cuando acabé, lo dejé colgando de la puerta y me senté a aguardar a que se secara mientras le echaba un vistazo al móvil.

Había un nuevo mensaje en mi buzón de voz y lo escuché. Era de Benítez, el asistente de Zallas. Decía que la firma del contrato de adjudicación de las obras de la Serpiente tendría lugar por la tarde en el ayuntamiento de Jerez.

—Si necesita un coche —terminaba el mensaje—, el señor Zallas estará encantado de enviarle el suyo.

A continuación, entró una llamada que silencié sin responder. Era del Pablo. Imaginé el cabreo que debía de tener. Y lo entendía. Cuando su nombre desapareció de la pantalla, aguardé a la señal sonora del contestador. Lo activé y escuché el mensaje de voz.

—Llámame. —Se oía su respiración agitada, como la de un toro de lidia después de embestir—. Suso, coño, ¿estás herido o qué? ¡Llámame!

—Suso...

Quien llamó ahora fue el Ginés. Me levanté de un salto y en la cabecera de la cama me apoyé un poco para guardar el equilibrio mientras miraba sus ojos azules y su lengua moverse en círculos, los primeros buscándome a mí, y la segunda, sin duda, algo de beber.

—Tranquilo, hombre —le dije—. Te vas a poner bueno, quillo, ya lo verás.

28

Me bajé del taxi en el ayuntamiento, a esa hora rodeado de turistas que se congregaban allí como moscas, y me dirigí con pasos decididos hacia el interior. Una funcionaria regordeta de cansinos ojos verdes y labios casi inexistentes me condujo por dos tramos de escalera hasta una sala de reuniones en cuya puerta podía leerse escrito en un cartel: SALÓN DE PLENOS. Dentro de la sala, lujosa y bien iluminada por la luz del exterior que entraba por los ventanales, había cinco personas. Reconocí solo a Zallas, que estaba sentado en la cabecera, presidiendo la mesa, y a su asistente, Benítez, sentado junto a él. De los otros tres hombres, solo uno, un cincuentón con entradas y el resto de pelo rizado y engominado pegado al cráneo, se levantó y vino con la mano extendida hacia mí.

—Soy Saavedra, el secretario —dijo, dándome un apretón—. Siéntese ahí. Estos señores son el alcalde —señaló a un hombre robusto de mediana edad—, y el notario —que se parecía al alcalde como un hermano siamés—. Es el abogado del señor Zallas —dijo dirigiéndose a los otros y señalándome a mí.

Un movimiento sacudió la fila de cabezas mientras ocupaba mi asiento junto a Zallas. Zallas, que no había dejado de sonreír desde que entré, miró en mi dirección.

—¿Qué te ha pasado, Suso? —me preguntó—. ¿Te oigo cojear?

Las cabezas giraron nuevamente. Cuando me llevé la mano a la pierna, la siguieron hasta allí.

—Nada —me expliqué—. Un tropezón.

—¿Es usted del despacho Jesús Corbacho y Asociados? —quiso saber el notario.

Le dije que sí y la reunión comenzó. Todo se desenvolvió según el procedimiento habitual, y en menós de cinco minutos habíamos leído y firmado los documentos de la adjudicación, nos habíamos apretado las manos y la reunión concluyó.

Nos pusimos en pie. Todos menos Zallas, que permaneció sentado a la cabecera de la mesa, como si ese fuera su lugar habitual de trabajo y no la sede de una institución pública a la que había sido convocado para participar en la celebración de un acto oficial, solo como un asistente más.

—Siéntate, Suso —dijo cuando todos salieron.

Hice lo que me pedía. Zallas sacó un puro que me ofreció y yo rechacé. Él lo encendió mientras yo miraba a todos lados sorprendido de que ningún funcionario viniera a hacérselo apagar.

—Suso. —Dirigió los ojos hacia mí a través del humo azul—. Si te hace falta algo, me gustaría que me lo dijeras.

Algo sorprendido, respondí:

—Gracias.

Sonrió al tiempo que arrugaba la frente. Haciendo girar el cigarro entre los dedos, continuó:

—No me dijiste que estabas en casa de tu madre —dijo. Le dio una calada al cigarro, apretándolo suavemente entre los dientes superiores y el labio inferior—. Habría ido a verte allí.

—¿Conoce la casa? —le pregunté.

Asintió.

—Muchas veces he intentado comprársela a tu padre. Sin éxito.

—Él no la puede vender —anuncié—. Es mía. Mi madre me la dejó a mí.

—No lo sabía. Sentí mucho su pérdida. —Luego añadió—: Ha pasado mucho tiempo. Nos hemos hecho todos mayores.

—Mi madre no.

—Es cierto —dijo con seriedad. Y luego, sonriendo, me preguntó—: ¿Te pareces mucho a ella, Suso?

Su pregunta me desconcertó. Cuando recordé que era ciego, respondí:

—Eso dicen. A quien no me parezco es a él.

—Supongo que te refieres a tu padre.

—A ese, sí.

Tuve la impresión de que le complacía mi respuesta, pero podía ser mi imaginación.

—Usted era amigo de la familia, ¿verdad?

Sonrió.

—¿Amigo? —Bajó los ojos, soñadores, hasta los dedos de sus manos, que entrelazó mansamente delante de sí—. Yo crecí en la finca de Barbate, mis padres eran los guardeses de allí. Eran buena gente. Ya murieron.

—Lo siento —dije.

—No hay por qué.

Instintivamente, él respondió a mi sonrisa con otra.

—Tu padre no es mal hombre —dijo, enarcando levemente las cejas—. Es orgulloso, como todos los de su clase. Él no tiene la culpa, es la educación de aquí.

—Eso debe de ser —dije yo.

Sus ojos se clavaron en mí con un destello que los hizo vibrar, como si estuvieran viéndome de verdad.

Súbitamente los apartó.

—¿Te interesa el mercado inmobiliario, Suso? —me preguntó—. Cádiz se está poniendo muy interesante para invertir.

—Para nada —contesté.

—¿Ah, no? —Aparentemente sorprendido, como si esperase otra respuesta, añadió—: Me dijo Benítez que te habías mostrado interesado por uno de mis edificios.

Escruté su mirada. No es fácil interpretar la mirada de un ciego. No se sabe qué hay detrás, da la impresión de que no hay nada.

—¿Qué edificio? —le pregunté.

—Uno en el Cerro del Moro. Sí, Suso, uno que se hizo muy famoso por un escándalo, un caso muy feo de prostitución. Desde entonces, no he hecho carrera de él. ¿No te interesará? Te lo regalo. —Se rio.

Asentí, fingiendo que comprendía lo que quería decir y que estaba de acuerdo con él. Todavía no demasiado seguro de adónde quería ir a parar, le pregunté:

—¿Le perjudicó mucho aquello?

—No me trates de usted —dijo con gravedad—. Aquello no me perjudicó en absoluto. Yo no tuve nada que ver. —Después, quitándole a sus palabras un poco de hierro, agregó—: Hablamos de política, Suso. Supongo que sabes que me presento como diputado en las próximas elecciones. La mayor parte del trabajo de mis empresas se basa en contratos municipales y con la Junta de Andalucía, a veces incluso estatales, y ya se sabe cómo son ese tipo de relaciones: ni el político ni el promotor se mueven siempre abiertamente. La transparencia es importante en política, Suso. Pero aquí, en el sur, lo es más la cuna. La reputación es secundaria, como ya te habrá explicado tu padre.

Fruncí los labios mientras decía:

—Mi padre y yo no colaboramos más que de forma ocasional. Aunque le pueda parecer lo contrario.

Levantó la cabeza y clavó los ojos nuevamente en mí.

—¿Cómo te interesa tanto todo aquello, Suso? Si tú no debías de ser por entonces más que un chaval.

Me encogí de hombros.

—Un cliente mío —le dije—. Un gitano que fue chapero allí, que me lo contó.

—¿En serio?

—Eso me dijo.

Asintió lentamente con la cabeza.

—Comprendo que te impresionara.

Giró el pomo de la puerta y Benítez y el secretario entraron en la sala. Tras dirigirse a Zallas, el secretario le hizo entrega de la documentación del proyecto, la cual Zallas me entregó a mí.

29

Me hacía falta un afeitado y necesitaba ropa. Llamé a Noelia. No la conocía tanto como para ponerla al corriente de la situación, así que tuve que inventarme una historia.

—Voy a quedarme con mi tío en el hospital.

—No te van a dejar.

—Que sí, mujer, que ya lo he hablado.

—¿Y dónde vas a dormir?

—Con él.

—No te lo van a permitir.

—¿Por qué no? Hay otra cama en la habitación.

—¿Has oído hablar de la presión hospitalaria?

—No. ¿Y tú?

—Yo sí. He pasado media vida en hospitales.

Carraspeé.

—Tú tráeme las cosas, niña —le dije. Después lo pensé un poco y pregunté—: ¿Podrás...?

—¿Te refieres a siendo una inválida?

—Mujer, no seas así.

—Tengo dos manos. Igual que tú.

Le expliqué que solo tenía que coger mi maquinilla del cuarto de baño y meter algo de ropa en la mochila.

—¿Algo más? —me preguntó.

Le dije que no.

—¿Por qué no vienes tú? —quiso saber—. Tú tienes piernas, además de manos.

Le dije que mi tío había sufrido otro ataque y que no quería apartarme de él.

Pareció aceptarlo sin más. Antes de colgar, con un poco de su ironía habitual, me preguntó:

—¿Seguro que no necesitas nada más? ¿Algo para leer? ¿La Nintendo?

—Muy graciosa, niña. No. Nada más.

Conecté el televisor sin sonido, para no despertar al Ginés, y me pasé la media hora siguiente viendo un documental sobre la pesca en almadraba.

Entró una enfermera a traer una bandeja. Me levanté y cerré la puerta tras ella después de echarle un vistazo al corredor. Regresé junto al Ginés y había empezado a sentarme junto a la cabecera de su cama cuando la puerta volvió a abrirse. El Pablito, aparentemente solo, sin afeitar y con un ojo morado, cerró con el pestillo después de entrar. Le echó un vistazo al Ginés y, adelantando la mandíbula, me preguntó:

—¿Cómo está?

—Lo mismo —contesté, preparado para saltar sobre él en cuanto me diera motivo—. ¿Qué haces aquí?

—Vas a tener que correr mucho, Suso, si no quieres que te dé una paliza.

Respondí que no hacía falta pelear. Pablito buscó donde sentarse, pero no había más sillas en el cuarto y permaneció de pie. Luego me miró con atención asintiendo con la cabeza.

—Me parece que tenías que contarme una historia.

—Lo he intentado, sí.

Se frotó la cara.

—Hacía mucho que no me sacudían a traición.

—Me dolió a mí más que a ti.

Pablito arrugó la poca frente que tenía.

—¿Cómo se te ocurrió salir corriendo, majarón?

—¿Y qué querías que hiciera? —pregunté.

—Quedarte y hablar.

—¿Hablar? —Sonreí—. ¿De qué, del tiempo? Tu colega no parecía tener muchas ganas de escuchar lo que yo tuviera que decir.

—Ya sabes cómo son algunos polis. Se ponen enseguida histéricos.

—Me lo echaste encima.

—¿Cómo quieres que supiera que se iba a poner así? Además, tampoco veo que te hiciera mucho daño.

—Puede que no, pero tampoco me hizo ningún bien, no te jode...

Me interrumpí cuando la enfermera llamó a la puerta para llevarse la bandeja. La dejé entrar. Al ver que Pablo no intentaba nada, volví a repantigarme en la butaca cuando se marchó.

—Supongo que ese abogado ha decidido ir contra mí.

—Supones bien.

—¿Aún sigues pensando que yo maté al Charlie?

Movió la cabeza de lado a lado con seguridad.

—No.

—Mira qué bien. ¿Cómo me has localizado?

—Tu padre me dijo dónde estabas.

—¿Qué más te dijo? ¿Que te juegas el puesto?

Sonrió.

—Como aquella vez.

—Aquella vez te hice un favor, Pablito. Si les hubiera hablado de lo que llevabas encima, hoy no estabas aquí.

—Ni tú, mamón. Tuviste suerte de que no te mandara a chirona.

Guardó silencio. Cruzado de brazos, apoyado sobre los dos pies, me preguntó:

—¿Qué cojones es todo eso de tu padre, Suso?

Me levanté de la butaca. Caminé despacio hacia el ventanal y miré a través de la cortina. El sol estaba a dos palmos de ocultarse tras la línea del horizonte, y era un disco anaranjado de tamaño regular, indistinguible del disco en ámbar de un semáforo. Le pregunté a Pablo cuánto tiempo llevaba muerto el Califa cuando lo encontraron.

—Un par de días —dijo—. Puede que tres. Quizá más.

—Ni puta idea, ¿no?

—¿Dónde están esas fotos de las que hablas tanto, Suso?

—No las tengo aquí. —Me aparté de la ventana y lo miré—. Gracias a ti.

—Iré a buscarlas. Dime dónde están.

Hizo amago de salir.

—No —lo detuve—. Una amiga viene a traérmelas. Tiene que estar al llegar.

Sonrió con media boca nada más.

—Qué rápido que haces amigas tú, ¿eh, chaval? Derrochando simpatía por donde vas. Luego te pasa lo que te pasa.

—No seas envidioso —dije—. Así que diez puñaladas. Otra vez.

Pablito asintió.

—¿Qué tenía que ver tu padre con el Califa? —me preguntó.

—Exactamente no lo sé. Mi padre no es un libro abierto. Sé que se conocían de su juventud. Sé que mi padre estuvo metido en lo del accidente del parque de atracciones de Jerez, eran socios. Sé que el Califa fue a prisión. Y que mi padre no.

—A lo mejor es que no tuvo na que ver.

—Lo dudo.

—Eres un poco cabrón, ¿no? Según eso, lo suyo es que hubiera sido el Califa quien se vengara de tu padre, y no al revés.

—Yo tengo otra teoría —empecé a decir.

—A ver, chaval.

Me dolía la cabeza y el Ginés dormía a pierna suelta. Le dije al Pablito que saliéramos a fumar. Había una escalera de incendios al final del pasillo. Afuera corría un poco de viento. El sol se estaba ocultando y se estaba bien. Saqué el polen y se lo ofrecí.

—Tú es que no tienes sentido común —dijo, haciendo una mueca. Pero luego se lo pensó mejor—. Trae p'acá.

Nos liamos un peta y continué con mi explicación.

—Mi padre no mató al Califa por lo del Bahía Park. Se lo cargó porque lo extorsionaba, lo mismo que al Pespá.

—¿Las fotos?

—Las fotos. Lo que le sacaba al gitano era *peccata minuta* en comparación con lo que pensaba sacarle a mi padre.

—Pero las fotos las tenía el Pespá.

—El Califa esperaba conseguirlas a través de mí. Era cuestión de tiempo.

—¿Qué hiciste con el dinero que te dio?

—Mandé fuera al Pespá y a su mujer. Creía que eran ellos los que necesitaban protección.

—No hiciste mal. ¿Y dónde están?

—No lo sé.

—Será majarón.

Pablito le dio una calada al peta mientras se daba media vuelta y se acodaba en la barandilla a contemplar las primeras luces que empezaban a parpadear.

—¿Y el Charlie? —preguntó—. ¿También se encargó de él tu padre?

—Puede que sí.

Se volvió para mirarme.

—Incriminándote a ti —preguntó, más que afirmar.

No contesté.

Volvió a decir:

—¿Piensas que va a ir por ahí cargándose a todo el que sale con él en ese álbum familiar?

Le dije que no lo sabía.

—Puede que al Charlie lo matara el Califa —reflexioné.

—Imposible —dijo tajantemente, mientras volvía a acodarse escudriñando la oscuridad—. Para entonces el Califa estaba ya tieso.

Me quedé mirándolo.

—¿Estás seguro de eso?

Asintió con la cabeza.

—Pero yo recibí un mensaje suyo cuando salí del hospital.

—Debió enviártelo antes de morir. Compruébalo.

Lo haría, sí. Pero seguramente el Pablo estaba en lo cierto.

—¿Qué piensas? —me preguntó.

—¿Qué quieres que piense?

Me palmeó la espalda. Su condescendencia hizo que me irritase aún más.

—Ha sido él —dije con rabia, aspirando lo que me quedaba del peta. Intenté sonreír, pero una gruesa costra de cinismo me lo impidió—. Y cuando vayáis a por él, quiero estar presente. Lo voy a disfrutar.

Pablo dio una calada y exhaló el humo despacio. Era evidente que estaba pensando y analizando lo que acabábamos de hablar.

—Habrá que probarlo, Suso.

—Ya lo sé.

—¿Tiene coartada?

—Dice que sí.

Chasqueó la lengua.

—Pero eso no quiere decir nada —repliqué.

Me miró.

—Que a lo mejor no lo hizo él.

Ignoré su comentario.

—Lo hizo. Y lo mismo hará con el Darío si tú y yo no nos damos prisa y lo pillamos antes de que lo haga él.

Lanzó al vacío la colilla de su peta, que describió un semicírculo antes de perderse en la oscuridad, y se remangó la camisa antes de cruzarse de brazos. Apoyó la espalda contra la barandilla y desde allí me observó.

—¿Qué te ha hecho tu padre para que le tengas tanto gato, quillo? ¿Te jodió cuando te dijo quiénes eran los Reyes Magos de verdad?

Ignoré su comentario.

—A primera hora, Pablo —lo insté—. Mañana, aquí.

Regresamos a la habitación al mismo tiempo que Noelia se aproximaba por el pasillo en su silla de ruedas procedente del ascensor. Pablito se la quedó mirando. Los presenté.

—Mi amigo Pablo —dije, señalándolo—. Noelia.

—Qué hay —dijo ella, tendiéndole la mano.

Sin dejar de mirar la silla, Pablito se la estrechó. Aún seguía mirándola cuando se alejó hacia el ascensor.

—¿Es de otro planeta o qué? —me preguntó Noelia en la habitación. Bajó la voz cuando vio en la cama al Ginés—. Nunca dejará de haber gilipollas. Es una verdad universal.

Estaba cansado, sin ganas de reír.

—Te invitaría a sentarte —le dije—, pero no hay más que una silla.

Echó un vistazo detenido al cuarto.

—¿Y la otra cama?

La miré con cansancio.

—Se la han llevado —dije—. ¿No has oído hablar de la presión hospitalaria?

Me quedé esperando su reacción. La mandíbula le tembló ligeramente cuando dijo:

—Que te jodan —derramando veneno por su voz.

30

En casa del Darío nos abrió la puerta una mulata de dos metros que dijo ser su compañera de habitación. Llevaba la melena rizada y negra recogida en lo alto de la cabeza, lo que añadía veinte centímetros más a su estatura ya de por sí descomunal. Pablito le enseñó la placa en su pechera y le pidió su documentación. No tenía papeles, dijo. Estaba allí como estudiante.

—¿Sí? ¿Y qué estudias? —le preguntó el Pablo, cuadrado ante ella como un oficial de la Gestapo.

—Para modelo —sonrió—. Me llamo Sade.

Me pareció que el Pablito hubiera querido mirar debajo de la falda de Sade para comprobar si había allí algo que no tuviera que haber. También me pareció que, de no haberlo, le habría gustado quedarse. Pero no le dijo nada a Sade, y cuando la chica nos juró que el Darío no se encontraba en casa, nos marchamos de allí.

Fuimos a la dirección que nos dio, unos billares donde el Darío se había puesto presuntamente a trabajar. En realidad, lo que hacía allí era perder el tiempo con otro grupo de merdellones como él. Lo encontramos en la puerta, en alegre conversación con sus colegas, cuatro tíos llenos de músculos, cadenas de oro y zapatillas deportivas que parecían salidas de un anuncio de la NBA.

Cuando nos acercamos, el círculo se estrechó.

—¿Quién es el Darío? —les preguntó el Pablo.

El Darío avanzó un paso.

—¿Qué queréis? —dijo con chulería.

Pablito sonrió.

—Tira para el coche, anda.

Le dio un empellón en el hombro que fue más un gesto paternal que un empujón. Al pasar por mi lado, el Darío me echó un vistazo.

—¿Este quién es? —preguntó.

—¿A ti qué cojones te importa quién sea este o deje de ser? Aquí las preguntas las hago yo. ¿Estamos?

El Darío dijo que sí. Cuando llegamos al coche, el Pablito lo empujó contra el capó.

—¿Te cargaste tú al Charlie, sí o qué? —le preguntó.

El Darío se volvió entonces hacia mí. Se ve que en ese momento su cabeza estableció una conexión y pareció reconocerme.

—¡Yo no fui! —le dijo al Pablo, aún mirándome a mí—. ¡Ya se lo dije a este!

El Pablo ladeó la cabeza dando a entender que siendo así tenían un problema.

—Porque allí en Ceuta hay una viuda desconsolada que dice que fuiste tú.

El Darío pegó un salto como si le hubieran pinchado con un alfiler.

—¡Y una mierda! —chilló como un cerdo—. ¡Eso no pue ser verdad!

Pablito le dio una bofetada. El gitano chilló de nuevo y sus colegas, en la puerta de los billares, se volvieron a mirar.

—¡Que te calles, coño! —le instó el Pablo con desprecio—. Que pareces una vieja. ¿Será maricón?

El Darío se pasó el dorso de la mano por la nariz.

—La Lola no ha podío decir eso —dijo bajando una octava el tono de su voz—. Se lo han inventao.

Pablo se apostó delante de él y le dio un par de toquecitos en el hombro con los dedos.

—¿Y qué carajo te piensas que he venido yo a hacer aquí, eh? Vamos, mendrugo, para dentro. Quedas detenido.

Echó mano a las esposas y abrió la puerta del coche. El Darío se acojonó.

—¡Ya le dije a este que yo no fui! —gimoteó más que gritó, mirándome a mí—. El Charlie y yo éramos colegas desde niños. Nos criamos en el mismo pueblo.

El Pablo volvió a cerrar.

—¿Y por qué te fuiste con tanta prisa de Ceuta cuando mataron a tu colega del alma, eh, so cabrón? ¿No lo querías tanto?

El Darío se pasó la lengua por el labio inferior y miró cautelosamente al suelo.

—Porque tenía miedo.

Pablito lo observó con acritud.

—¿Porque tenías miedo? —repitió—. ¿Y de qué tenías miedo, majarón?

—De que me hicieran lo mismo que a él.

—¿Quién? —intervine por primera vez—. ¿De quién tenías miedo?

El gitano titubeó, se rascó repetidas veces la nuca y respondió:

—El Charlie y yo nos vinimos juntos pa Cádiz. Nosotros dos y el Pespá. Hicimos juntos la calle. Éramos menores y la policía nos trincó. Un hombre nos sacó del trullo y nos dio empleo.

—¿Empleo? —le preguntó el Pablo—. ¿Empleo de qué?

—De peones. En la construcción.

Me interpuse entre los dos. Cogí al Darío por la sudadera y tiré de él. Se lo volví a preguntar otra vez.

—¿Trabajaste en el Gadir? Dime la verdad, cabrón.

El Darío vaciló. Pareció confundido. Pablito le dio una bofetada y el otro se revolvió contra él, aunque se contuvo de actuar. Giró la cabeza con arrogancia y echó un vistazo a sus colegas, un poco más atrás.

—¿El Gadir? —repitió—. ¡Y yo qué sé!

Escupió en el suelo a nuestros pies. El Pablito le sacudió otro sopapo.

—Vuelve a hacer eso y lo recoges a lametazos, pedazo de mamón. ¿Y qué? ¿Ese es el tío que mató al Charlie, quieres decir? ¿El tío que te da tanto miedo? ¿El que os dio curro en la construcción?

El Darío tensó despreciativamente la boca.

—Al Pespá y al Charlie les dieron lo suyo. ¡Yo solo digo que me dio miedo que me hicieran lo mismo a mí y me largué!

Pablo abrió de nuevo la puerta del coche y lo empujó.

—¡Tira, majarón!

—¿Adónde?

—Al trullo, ¿adónde va a ser? Entre rejas ya verás como nadie te hace daño, chaval. Y lo bien que vas a hablar allí.

Antes de que la cerrara me incliné sobre la puerta. Le pregunté al Darío por el hombre que los contrató.

—¿Lo conocías?

Dijo que sí.

—Su nombre. Suéltalo, merdellón.

—¡Y yo qué sé! —dijo—. Un ciego. Un tío importante. De los que salen por televisión.

31

—No puedes pretender que conozca personalmente a todo el que trabaja para mí.

Zallas pronunció estas palabras sin mirarme, quiero decir, sin dirigir sus ojos hacia mí, de esa manera líquida en que solía llevar su mirada hacia quien estuviera hablando con él. Su tono era tan afable como su sonrisa, y no dejó entrever nada más, si es que había algo que dejar entrever.

No seguí allí de pie, callado y a la espera de que Zallas continuara porque me pareciera que mintiese. Zallas no me caía mal, no creo que le cayera mal a nadie. A pesar de ser un personaje público de pasado turbio, y de que siempre hubiera algún titular hablando de él, su carisma le abría puertas. Después de todo, un ciego provoca siempre simpatía. Y también compasión. Y la simpatía y la compasión, bien administradas, pueden ser armas tan buenas como la astucia y la ambición. Si alguna vez un hombre poseyó las dotes de un emprendedor de primera, ese era Zallas.

—Siéntate, por favor —me invitó.

Señaló la pareja del sillón de cuero que ocupaba él, situada al otro lado de la mesa de cristal, en el mismo grande y lujoso despacho donde nos entrevistamos la primera vez. Me senté cerca del borde del asiento, y sin tratar de ocultar mi desconfianza, le pregunté:

—¿Por qué me mintió?

—No te mentí.

—¿De qué tendría miedo ese gitano?

—No lo sé, Suso. Dímelo tú.

Me quedé mirándolo fijamente, como si con ello pudiese intimidarlo e impelerlo a hablar. Como siempre, olvidaba que era ciego. Él tenía los ojos puestos en algún lugar incierto cerca de mí. Pero no en mí. No exactamente en mí.

—Aquel accidente... —suspiró. Levantó las cejas y bajó al mismo tiempo la cabeza mientras negaba con ella—. Mira, Suso, no te voy a negar que he hecho cosas en mi vida de las que preferiría no hablar. No muchas, pero alguna sí. Por esa época que dices, hubo un boom considerable en el sector inmobiliario de este país.

—Y eso qué tiene que ver con... —comencé a decir.

Me interrumpió con un gesto de la mano, sonriendo, y prosiguió.

—Todo el mundo invirtió lo que tenía, y hasta lo que no tenía, en construir. Se construyeron casas, centros comerciales, ciudades de las artes y parques empresariales en sitios donde hasta entonces lo único que se oía era el sonido del viento haciendo silbar los juncales. La falta de suelo edificable a buen precio, los beneficios fiscales, el aumento de la población a causa de la inmigración... Qué te voy a contar. El exceso de crédito y la recalificación de suelos, además de la especulación pura y dura, dieron lugar a la crisis que hoy seguimos padeciendo.

—Mire, señor Zallas, no he venido aquí a que me explique la teoría económica de la burbuja inmobiliaria...

—Carmelo —me corrigió, y me envolvió en una mirada que parecía suplicar que no lo contradijera—. Suso, joder, no eres tonto, lo sé. No tengo que explicarte que un hombre de negocios se mueve a veces en terreno pantanoso. Nosotros sabemos bien lo que es caminar entre dos aguas. Es una línea muy fina la que separa lo que es y no es, digamos, legal. La misma idea de la legalidad es difusa. Interpretable.

—¿Adónde quiere ir a parar? —le pregunté.

Zallas descruzó una pierna, se irguió un poco en el asiento y cruzó la otra sobre la que acababa de descabalgar.

—Supongo que tu padre te habrá hablado de aquel asunto alguna vez.

Sentí una presión en la nuca, como si una maza la oprimiera.

—No —contesté.

Me miró conteniendo el aliento, como si lo que iba a decirme a continuación fuese un asunto del que preferiría no hablar, algo de lo que preferiría olvidarse y que olvidara yo también.

—Tu padre vino a verme —bajó la vista a sus manos, que se mantuvieron mansamente sobre el regazo—. En cierto modo, se metió en aquello por mí. Él y su amigo. Me preguntaron y yo les aconsejé. La construcción del parque de atracciones era una inversión segura, el ayuntamiento de Jerez era el promotor. No creo que tu padre llegara nunca a estar al corriente de aquellas irregularidades.

—¿Qué irregularidades? —le pregunté.

—El presupuesto no se respetó. El constructor ahorró en materiales. La clásica historia. Lo que pasa es que el constructor era una sociedad de la que tu padre y su socio formaban parte. De todo aquello quedó claro en el juicio que tu padre no había tenido el menor conocimiento. Su responsabilidad quedó fuera de duda, él no sabía nada. Le advertí que no se dejara llevar por la compasión ni por una falsa idea de lealtad. Por suerte, me escuchó. Pagó quien tenía que pagar.

Guardamos silencio un instante. Luego le pregunté a Zallas si ese otro socio al que se refería, el que «pagó», era el Califa.

No había oído hablar de él.

—Pero podría ser —añadió—. Era alguien que había hecho dinero recientemente, alguien procedente de los bajos fondos. No sé si ahora se da a conocer por ese u otro nombre. No he sabido nada más de él desde que ingresó en prisión.

Le pregunté cuál era el nombre por el que lo había conocido él. Me lo dijo.

—Es él —dije yo—. El Califa.

Zallas arrugó la frente.

—El Califa, vaya nombre. ¿A qué se dedica ahora?

—Ya a nada —contesté—. Está muerto.

32

Cuando llegué al hospital se lo habían llevado ya. Debí intuir que sucedería cuando yo no estuviese, todo lo malo de mi vida sucedía más o menos así, a traición y de repente, sin que se me diese la posibilidad de evitarlo. El Ginés podía muy bien haber muerto después de una larga enfermedad. Podía haberse ido deteriorando poco a poco, tras un largo proceso que, de paso, me hubiera consumido a mí también y me hubiera hecho, por qué no, desearlo. Pero no. El muy cabrón se tuvo que ir sin despedirse. En la habitación solo encontré su cama, vacía, aún con el hueco que su cuerpo había dejado en el colchón. Tuve que acercarme y tocarlo para cerciorarme de que era real. Lo era. Estaba caliente aún. Una bolsa con sus cosas descansaba a los pies de la cama, atada con una cinta blanca como las de la basura.

Como resumen de una vida parecía tan grotesco que me dieron ganas de vomitar.

33

Debíamos de ser unas diez o quince personas las que nos congregábamos en el pequeño cementerio. Los socios y asociados de mi padre en el despacho. Uno o dos camareros del Prado, que se habían acercado respetuosamente a dar el pésame y que se marcharon enseguida, conscientes de que desentonaban allí más que un par de calcetines con sandalias de tacón. El Gamba, con dos de sus sobrinas vestidas de riguroso negro, una de las cuales no paró de llorar. Y más atrás, al otro lado del sendero que separaba la parte católica del cementerio de la civil, un poco apartado igual que yo, el Pablito.

Cuando el sacerdote acabó de decir las pocas palabras, pura fórmula, que le dedicó en el responso al alma del Ginés, mi padre se alejó caminando entre las tumbas, impecable dentro de su traje negro, rodeado de su séquito de socios y asociados del despacho, que formaban una suerte de cerco pretoriano a su alrededor. Me quedé observando sus siluetas reverberando bajo la inclemente luz africana, deformadas por el calor.

El Pablito salió de la sombra de la acacia bajo la que se había cobijado y vino hacia mí.

—Cago en Dios —dijo palmeándome la espalda—. No somos na.

Me sorbí la nariz. Me había constipado un poco en el ferri que me había traído esa misma mañana de Algeciras.

—¿No se te ocurre nada mejor que decir? —le pregunté con una mijita de desdén.

Eché a andar delante de él. El Pablito me siguió.

—¿Y qué quieres que diga, coño? —me preguntó—. ¿Que eres un gilipollas? ¿Que ya que te has decidido a venirte por qué no vas directamente a presentarte ante el juez?

—Me suda la polla el juez —le contesté.

—Conque te suda la polla, ¿eh? —dijo lacónicamente—. Pues no debería, primo. —Señaló con la barbilla hacia delante, hacia la comitiva que acompañaba a mi padre a la salida del cementerio—. Vámonos de aquí, anda. Este sitio da mal fario.

Fuimos a un chiringuito cerca del Garitón de las Cuevas. Olía a bacon y hamburguesas cien metros antes de llegar. Pedimos dos Beefeater con tónica y nos sentamos a beberlos en la barra, con los taburetes mirando hacia el mar. El viento venía de levante, así que hacía calor. Pablito se quitó la americana que se había puesto para asistir al funeral, una versión de lo que él entendía por algo serio y formal, se remangó la camisa y le dio un trago a su Beefeater.

—¿Dónde está? —le pregunté.

Lo levantó y miró al trasluz.

—¿El Darío?

—No, mi madre.

El chisporroteo de la parrilla ahogó el ruido que hizo el Pablo al beber.

—Coño, Suso. ¿Qué querías que hiciera? ¿Que le pagara yo el billete? ¿Que me lo trajera de los pelos?

—O sea, que se ha quedado allí.

—Eso parece.

Me giré hacia el otro lado y me acodé en el mostrador, mirando porfiadamente el calendario que colgaba de la pared, cerca del fregadero, entre las costrosas botellas de lavavajillas y los estropajos nanas. Señalaba un mes del año anterior.

—¿Le tomasteis declaración?

Asintió con la cabeza después de beber. Apoyó el codo en la barra y dejó el vaso. Después se irguió y se giró lentamente sobre el codo, desde donde pareció contemplar el calendario igual que yo. Delante de nosotros, el camarero dejó un platito de cacahuetes.

—Lo bueno de los cacahuetes es que su sabor no se estropea por más que pase el tiempo —dijo el Pablo—. Da igual que el paquete haya caducado, siempre saben a cacahuetes. —Me volví a mirarlo—. A veces se ponen rancios, pero están buenos igual. —Se echó a la boca un puñado y lo masticó—. El cacahuete no es un fruto seco, ¿lo sabías, quillo? Es una legumbre. Y sabe un poco a legumbre, si te fijas bien.

Casi había terminado de comerse los que había en el platito cuando le pregunté:

—¿Qué me estás contando, Pablo?

—Estos están rancios —dijo arrugando la nariz.

Los dos nos volvimos a mirarnos a la vez.

Pablo dijo:

—Le tomamos declaración.

—¿Y bien? —le pregunté.

—Y habló.

Hizo girar el taburete y se sentó de espaldas al mostrador.

—No te preocupes, chaval —le dije—. Nada de lo que puedas decirme de mi padre me va a sorprender.

—Esto sí.

—¿El Gadir?

—El Gadir era una red de prostitución y pornografía infantil. No solo se tomaban fotos. Se hacían películas y se comercializaban. Pero eso no era lo peor. Había toda una red de explotación que terminaba en el comercio de órganos.

—¿Cómo sabes todo eso? —le pregunté.

Me miró con un gesto de reproche.

—Soy policía, coño. Sé investigar.

—Nada de eso se supo.

—Se supo todo, majarón. No se llegó a procesar a nadie porque no se pudo descubrir quién había detrás.

Después de un rato, reflexioné:

—¿Mi padre?

—Lo dudo.

Me volví hacia él.

—¿Qué dijo el Darío del Gadir? —le pregunté.

—No dijo nada —contestó.

—¿Cómo que nada?

Le echó un trago a su bebida e hizo girar el vaso delante de él.

—Esto no tiene nada que ver con el Gadir, Suso.

Arrastré mi taburete para quedar frente a él.

—¿Qué es lo que no tiene que ver con el Gadir, Pablo?

—El Darío no mentía cuando dijo que tenía miedo de que fueran a por él. Pero la causa no eran esas fotografías. Ni el Gadir. Era otra cosa lo que lo acojonaba. A él y a los otros dos. Al Charlie y al Pespá.

—Y esa cosa —dije yo—, ¿tiene que ver con el accidente de 2008? ¿El del parque de atracciones de Jerez?

Abrió desmesuradamente los ojos y exclamó:

—Es imposible que lo supieras, coño.

—Lo sabía —dije.

—¿Lo sabías?

Y sabía perfectamente de qué iba a hablarme a continuación. O mejor, de quién.

—El Califa... —empezó a decirme.

Lo interrumpí y acabé de decirlo yo.

—El Califa no amenazó a mi padre con las fotos. Lo amenazó con sacar lo del parque a la luz.

El Pablito suspiró.

—Lo sabes todo, ¿eh? La Junta concedió las obras. El ayuntamiento de Jerez puso el terreno, además de financiar la construcción. Pero la empresa de tu padre era a la vez adjudicataria y contratista del proyecto. Y no había previsto espacio suficiente para el sistema de frenada de seguridad de la atracción. Para solucionarlo, había que introducir unas alteraciones que tu padre y el Califa sabían sobradamente que el ayuntamiento no consentiría jamás. Así que era dejarlo como estaba o perder varios cientos de miles de euros...

—Continúa.

—Eligieron. Supongo que no fue sencillo. Imagino que sabían lo que podía suceder...

Me reí amargamente.

—Ni dos meses después de abrir el parque, sucedió.

—Pero no lo sabes todo —dijo el Pablo.

—¿Que no? Déjame a ver si lo adivino. Esos dos se pusieron a construir por su cuenta un «sistema» de frenada de emergencia. O más bien, su propia versión de lo que debía ser un sistema de frenada de emergencia.

—El Darío admitió que les pagaron por hacer horas extra. Estuvieron trabajando a destajo, de noche, durante un par de semanas antes de que abriera el parque. Lo que hicieron fue una chapuza de cojones. Cuando acabaron, recibieron una bonificación. Supongo que por callarse la boca y desaparecer.

Cogí mi vaso. Me bebí de un solo trago casi la mitad.

—¿Cómo pasaron la inspección? —le pregunté—. Una inspección como Dios manda no hubiera cerrado los ojos ante una situación tan peligrosa como esa.

—En el juicio se demostró que no hubo inspección —dijo el Pablo.

Lo miré sorprendido.

—Se falsificó el documento —continuó—. También se probó que tu padre no había tenido conocimiento de los hechos.

Aquello me hizo enfurecer.

—¿Cómo pudo demostrarse eso?

—El Califa falsificó las firmas.

—¿Y cómo coño pudo probarse que las falsificó?

El Pablo levantó las cejas y chasqueó la lengua antes de decir:

—Porque él mismo lo admitió.

Repetí con incredulidad:

—¿El Califa admitió haber falsificado las firmas? ¿Cargando él solo con la responsabilidad y yendo al trullo por mi padre? ¡Venga ya!

—Me limito a contarte lo que sucedió. Todo está en la transcripción del juicio. Negro sobre blanco.

—Pero ¿por qué? —pregunté, a mí mismo más que a él—. ¿Por qué cojones iba a cargar él solo con las culpas?

Pablito me miró sorprendido, quizá sintiendo un poco de lástima por mí.

—Suso, quillo, ¿tú eres gilipollas? ¿Por qué va a ser? Por dinero.

Me estaba poniendo de mala hostia. Y él era consciente. Y tenía miedo. Tenía miedo de que llegásemos a donde estábamos a punto de llegar.

—¿Dónde está el Darío? —le pregunté.

Él rehuyó mi examen al contestar.

—Allí.

—¿Dónde es allí?

—En Cádiz, coño.

—¿Y qué sentido tiene tenerlo encerrado en Cádiz si el juicio va a celebrarse aquí?

—Ninguno. No está encerrado en ninguna parte.

Dejé el vaso sobre la barra y me abalancé sobre él. Lo agarré por el cuello de la camisa.

—¿Me estás diciendo que no vais a hacer nada? ¿Eh, cabrón? Mírame.

El Pablito forcejeó para soltarse. Su taburete cayó al suelo y el camarero nos echó una ojeada desde el otro lado del mostrador.

—Tranquilízate si no quieres que te lleve ahora mismo a comisaría, merdellón. —Se sacudió la camisa y se la alisó—. Hay algo más, Suso, así que echa el freno.

Recogió el taburete del suelo y volvió a sentarse en él.

—El Darío dice que hace un par de meses el Pespá los localizó al Charlie y a él. El Califa quería que los tres firmasen un papel, una especie de declaración donde contaban la verdad de lo ocurrido en el parque durante la construcción del falso sistema de frenada. Por lo visto, el viejo pensaba extorsionar a alguien con él.

—A mi padre —dije yo.

—Tal vez. Pero no hay forma de probarlo. El único que podría probarlo es el Califa, y ese ya no puede hablar.

—Pero mi padre sí —repliqué.

Pablito cogió su gin-tonic y lo apuró. Mirando el fondo del vaso, dijo:

—Suso, me duele decirte esto, chaval, pero me temo que tu viejo es un cabrón.

Me acodé sobre la barra mientras el camarero rociaba la plancha con el aceite de una turbia garrafa y depositaba media docena de hamburguesas encima de él.

—Te juro que habla o me lo cargo.

El Pablito eructó. Pareció tan aliviado como si nunca antes hubiera eructado. Acto seguido se puso en pie y dejó su vaso de golpe sobre el mostrador.

—Joder —dijo con asco—. Qué ganas tengo de jubilarme y de que os den por culo a todos de una vez.

34

Desde el mismo banco de siempre, a buena distancia, la observé. De vez en cuando, un enfermero se acercaba a apartarla del pretil del mirador, y su cabello se movía como mecido por el viento. Entonces, por un momento, me parecía ver a la mujer de quince años atrás, la que se sentaba a mi lado en la Vanette, la que nos llevaba al pueblo a cortarnos el pelo y al dentista. Casi nadie en el centro tenía dientes; la heroína debilita las encías y los dientes se acaban por caer.

Yo era un crío, pero ella me trataba como a un hombre de verdad. Quizá lo era, un hombre, o quizá no. Había pasado gran parte de mi vida comportándome como un kamikaze. La heroína no había sido lo peor, pero sí lo más constante. Tres años de mala vida no te dejan el cuerpo lo mismo que tres años atrás. Ni la mente. Tu mente se vuelve una máquina de calcular, solo eso. Una calculadora que solo conoce operaciones de suma y resta. Cuánto necesitas para poder comprar. Cuánto falta para la siguiente consumición.

No era famosa, pero una de sus canciones se había hecho popular y había grabado un disco. En un lugar como aquel, el infierno, uno que destaca es un dios. Cuando cantaba, su voz sonaba como un silbido, el pálido reflejo de lo que había sido. Tenía las piernas mordidas hasta la cara interna de los muslos, y la piel abierta y llena de comedones. Pero seguía siendo un dios.

Íbamos a cambiar de vida cuando saliéramos de allí.

Volví a mirarla mientras el sol ascendía hacia lo alto del mirador. Me gustaba estar allí. Al principio lo hacía para mortificarme. Cada vez que la veía junto a las otras enfermas, me acordaba de cómo era y me quería morir. Ellas suelen andar así, cogidas de la mano, como si fueran niñas pequeñas. O anormales, que es lo que realmente son. Después dejé de culparme porque, al fin y al cabo, aquel niño ya tendría unos padres. Unos padres buenos y ejemplares. Unos padres mucho mejores que ella y que yo.

Me puse de pie y metí la cajetilla de tabaco en el bolsillo.

35

Me llamaron del depósito de cadáveres a eso de las cinco. No había amanecido aún. Corrí las cortinas y vi en el patio la ropa tendida de los vecinos meciéndose, como el velamen de un barco. Me afeité y me vestí en la oscuridad, y para cuando salí de casa, estaba empezando a amanecer.

Conforme seguía la acera de la calle Santander, frente a la entrada de puertas giratorias del hotel Alcotán, los turistas que se disponían a ir a la playa desfilaron ante mí. Algunos me rozaron con la toalla colgada del hombro al pasar, y otros me empujaron hacia un lado. Pero yo era insensible. Nada me podía perturbar. No estaba allí, estaba en otra parte. En un lugar muy distante.

Me hallaba en un funeral, quince años atrás. Me vi vagando por entre las hileras de tumbas, sin rumbo. Incapaz de reaccionar ante nada. Ni una señal de tráfico, ni un claxon, ni el avance de una locomotora habrían podido arrancarme de mi estado. Deseaba morir. No sabía la hora que era ni me importaba. Qué día era, ni me importaba. Lo único que sabía era que en torno a mí se iba adensando un fluido intangible, indistinguible de cuanto lo poblaba, y que no consistía en otra cosa que... la Nada.

Todo había ocurrido muy deprisa. Las drogas. Mi ingreso en el centro. La muerte de Sandrine.

Me abrí paso hasta llegar al edificio de ladrillos blancos y entré. Pablo me estaba esperando.

A pesar de que en la calle el termómetro marcaba veinticinco grados, dentro del depósito de cadáveres se estaba mal. Hacía frío. No un frío normal, como el del viento de poniente o el del desierto, sino uno con olor a antiséptico. A muerte. Todo era blanco y reluciente como en el interior de un frigorífico.

Pablito le entregó al encargado una autorización y nos mantuvimos a la espera.

—Muy bien —dijo antes de bostezar—. ¿Vamos?

Salió al pasillo y nos acompañó. Nos guio por la pared llena de puertas de aspecto niquelado, arrastrando el dedo por ellas, como haría un niño recorriendo una verja con un palo, y cuando llegó a la última consultó un número en un papel que llevaba y abrió el segundo cajón empezando por el final. Para él, mi padre lo mismo podría haber sido una saca de ropa para lavar.

La muerte no lo había desfigurado. Si acaso, parecía más humano. Tenía en el pecho una quemadura, alrededor del orificio de entrada que había dejado la bala. Pablo me dijo que le había atravesado el corazón y que se había quedado alojada allí, dentro del espacio intercostal.

—¿Cuándo le hacéis la autopsia? —le pregunté.

—No lo sé. Aunque es evidente que no murió de un infarto.

Sí, era evidente, dije yo. Le pedí que me dejara un momento a solas con él.

Lo enfocase como lo enfocase, la cosa estaba acabada. «La muerte es como un dolor de tripa», pensé. Da igual por qué duela, termina en cuanto vomitas lo que hay dentro. El vómito es bueno, limpio y aséptico, y pone fin al dolor. Y eso es lo que sucedía con los muertos. Una vez muertos, cualquier cosa podía decirse de ellos. De hecho, solían decirse muchas mentiras, cosas que, estando vivos, no se habrían dicho jamás. La muerte es redentora.

Ahí teníamos a mi padre, por ejemplo. Alguien le había quitado la ropa y había escrito un informe sobre la causa de su defunción. Mañana un cura le dedicaría un responso. Y ahí estaba yo, delante de él. A punto de decirle lo que llevaba tanto tiempo queriéndole decir.

Tiré un poco más de la sábana, hasta dejar al descubierto la herida por donde había entrado la bala que le había atravesado el corazón. Llevé el dedo hasta allí y la toqué. Estaba fría. Más fría que el mármol del suelo en invierno. Y seca. Y dura.

Y de pronto me di cuenta de que no podía decirle lo que siempre había pensado que le diría en su lecho de muerte. Que lo odiaba y que me alegraba de verlo así.

—No pensarás que lo hice yo —le dije a Pablo.

Pablo sacudió la cabeza.

—¿Y qué ibas a conseguir?

Se dejó caer a mi lado en el respaldo del sofá, un sofá de cuero blanco con aspecto escandinavo que no pegaba nada con él. Tampoco el resto de su casa encajaba con él. Limpia. Casi vacía. Ordenada. Abrió una de las dos latas de cerveza que había sacado de la nevera y me la dio. Luego abrió la otra para él. Tenía ganas de irme, pero allí se estaba bien. Había aire acondicionado, y cuadros con líneas rectas, y silencio. Y lo agradecí.

—Es muy difícil hablar de esto, amigo —empecé—. Hace muchos años, en el centro de desintoxicación, me enamoré de una chica y se quedó embarazada. Era toxicómana como yo y murió en el parto. Mi padre se encargó de deshacerse del... Me dijo que lo iban a adoptar.

—No jodas.

—Me hicieron ver a un psiquiatra. Todo iba bien hasta que en una de las sesiones... surgieron complicaciones. Me acordé de cosas, Pablo. Empecé a acordarme de cosas de cuando era muy crío. Muy crío, Pablito.

—¿Qué cosas?

Oculté el rostro entre las manos. Me apreté los párpados.

—Cosas que mi padre me hacía —proseguí—. «¿Es verdad, papá?», le pregunté a mi padre una vez. «¿Es verdad?».

—¿Qué te dijo él?

Aparté las manos y levanté las cejas.

—Nada. —Sonreí—. No me dijo nada, el muy cabrón.

Estaba tan cansado que me quedé dormido en el sofá. Se ve que el Pablito sintió lástima y me dejó dormir allí. Me desperté descalzo en medio de la noche, con una sábana que se me enrollaba en los pies. Volví a dormirme y tuve un sueño.

Soñé que iba a casa de mi padre. En el sueño, se hallaba al final de un largo túnel, un túnel lleno de nidos de serpiente que acababa en un río, y que tenía agujeros horadados en él, unos agujeros por donde se escapaban serpientes, cientos de ellas.

En el sueño entraba en la casa y me dirigía a su despacho. Allí registraba una a una las estanterías hasta dar con la que estaba buscando. Sabía que allí se hallaba lo que quería encontrar. Pero lo único que quedaba en ella eran unas cuantas cajas de cartón medio quemadas, con amasijos de cinta magnética enmarañada y medio quemada también. Las carcasas vacías de los videocasetes de donde habían sido arrancadas estaban hechas añicos, y las etiquetas con las fechas de grabación despegadas. Todo ello parecía la deposición de un diarreico.

La vida en fascículos.

Fin del sueño.

36

Mi casa era un caos de cajas de mudanza sin cerrar. Oí el timbre de la puerta y las sorteé para ir a abrir. Noelia estaba parada en el umbral, sentada en su silla de ruedas, mirándome con gravedad.

—¿Qué haces aquí, quilla? —le pregunté.

Me alegré de verla allí.

Abrió su bolso despacio y sacó de dentro una pistola. La levantó con las dos manos y me apuntó.

—Déjame entrar —dijo.

Me hice a un lado para dejarla entrar. Ella traspuso el umbral y esperó a que yo cerrase la puerta. Con el arma me hizo una seña para que caminase, y la precedí por el pasillo hasta el comedor. Allí echó un breve vistazo en torno a sí, como evaluándolo, y luego me miró sin emitir juicio alguno.

—Te fuiste sin decir adiós —afirmó.

Adelanté la barbilla.

—Eso se te puede disparar.

Me miró sin cambiar el gesto y siguió apuntándome.

—Mi tío murió —le expliqué—. Tuve que traérmelo para acá.

—Ya —dijo, sin apartar los ojos de mí—. Me lo dijo la mujer de la pensión. Lo siento por él.

Hundí las manos en los bolsillos del pantalón.

—Te has tomado esto muy mal, ¿no?

—Cállate —me ordenó.

Movió la vista a un lado y a otro, y volvió a fijarla en mí.

—Dame las fotos —dijo.

La miré extrañado.

—¿Qué?

Amartilló el revólver. Ahora que me fijaba no era una pistola, sino un revólver, una pieza de las que ya casi no se ven.

—Que me las des.

Me dejé caer lentamente en el sofá. Allí me crucé de brazos y sonreí.

—No me lo puedo creer.

—Levántate.

—No es posible que te enviara a ti, prima. Precisamente a ti. A una...

—¿Una inválida? —completó—. Levántate.

La obedecí y me levanté. Me pregunté dónde la habría conocido mi padre. Ella no hizo el menor movimiento. Sus dedos se mantuvieron firmes alrededor de la empuñadura del revólver mientras me apuntaba con él.

Sonrió.

—La inválida y el merdellón —dijo como para sí—. Menuda pareja, ¿verdad?

Le dije que bajara la pistola, que hablaríamos mejor.

—No tienes que hacerte más la dura —sugerí—. Ya no tiene mucho sentido, ¿no crees?

Ella hizo un gesto de desdén.

—Cuando hay que hacer algo, es mejor hacerlo bien. O no hacerlo.

—Pues no lo hagas.

—No me gusta dejar lo que empiezo sin acabar.

—Eso está bien —chasqueé la lengua—. Siempre que haya algo que acabar.

Me miró con una expresión biliosa que parecía querer dejar claro que cualquier consideración sarcástica estaba ya fuera de lugar.

—Deja de hablar —me ordenó—. Hay que ver lo que te gusta hablar para no decir na.

—Y tú deja de putearte a ti misma —repliqué—. No vale la pena. De todas formas, ya no tiene sentido, ¿no crees? Van a crecerle las flores encima igual.

Me miró confusa. Soltó una mano del arma para hacer avanzar la silla unos centímetros y la volvió a empuñar.

—Las fotos —repitió—. Dámelas.

—Tú estás pirada, quilla, ¿sí o qué? —Me levanté del sofá—. Anda, lárgate y déjame en paz.

Le di la espalda y eché a andar hacia la puerta. Oí la silla avanzar detrás de mí. Un momento después la tenía delante, interponiéndose entre la puerta y yo. Volvió a empuñar el arma con las dos manos y a apuntarme.

—Creía que eras diferente —dijo—. Mejor.

—Soy como cualquier mortal —repliqué—. A unos les parezco cojonudo, a otros les caigo como el culo y el resto no tiene una opinión formada sobre mí.

—Siempre tan locuaz. —Rio entre dientes.

Yo también reí.

—Lo mismo pensé yo de ti, mujer.

—¿Por qué? ¿Porque soy minusválida? —preguntó—. Qué novedad.

—Te pones muy pesada con eso. Aquí la única que no se olvida del asunto eres tú, me parece a mí.

Hice amago de moverme. Ella levantó el arma hacia mí.

—¿Adónde vas?

Le dije que iba a por las fotos.

—¿Las quieres o no?

Dijo que sí. Fui al otro extremo del cuarto. Busqué el pendrive en la mochila y se lo di.

—¿Qué vas a hacer con ellas, quilla? —le pregunté—. ¿Llevárselas a la tumba o qué?

Me miró sin comprender. Tanto que me hizo dudar.

—¿No lo sabes? —le pregunté.

—Saber qué.

—Mi padre ha muerto. Lo mataron ayer.

Siguió mirándome sin hacer ningún gesto.

—No sé de qué estás hablando —anunció.

—Mira, niña —le dije—, me estás poniendo nervioso. Coge las dichosas fotos y lárgate ya. Pero deja de fingir de una puta vez.

Se rio.

—No sabes cuándo parar, ¿eh, Suso?

Estaba empezando a provocarme verdadera antipatía y se lo dije.

—¿Pero a ti qué te pasa, tía? —le pregunté—. ¿Estás pirada o qué? Lo mismo y hasta puedes andar.

Me abalancé sobre la silla y la derribé. Una rueda quedó girando en el aire, mientras el arma fue a parar lejos de los dos. Cuando forcejeaba conmigo para que le soltara las muñecas, ciega de ira, me espetó:

—Me das asco. —Me lanzó un escupitajo que no me alcanzó—. ¡Suéltame! Carmelo tiene razón —dijo con odio—. Sois una casta de mierda. ¡Pijos asquerosos! Ojalá os pudráis en el infierno. ¡Ojalá os extingáis!

Le solté las muñecas y me aparté.

—¿Quién has dicho?

37

El despertador sonó a las seis y media con tal alboroto que me desperté de golpe y me senté en la cama de un salto. Lo apagué y me di una ducha para sacudirme el sueño. Después, siguiendo el ritual, me afeité y desayuné en calzoncillos, dejé la taza en el escurridor y fui a vestirme.

Me senté en la cama y me quedé mirando la pared. No podía dejar de mirarla. De repente, las lágrimas empezaron a caer.

Por fin pude arrancar mis ojos de allí, con tanta dificultad como si despegara un chicle reseco. Abrí el armario y, para variar, puse cierto interés al elegir la ropa que iba a ponerme. Zallas iba a recibir a un hombre elegante. Una vez vestido, mientras lustraba los zapatos, me sentí bien.

A las ocho ya estaba sentado en el asiento del ferri, y una hora y media más tarde, saliendo del puerto de Algeciras, recorriendo el trayecto hasta la parada de taxis, donde abrí la puerta del primero de la fila y me subí en él. Le di al taxista la dirección del domicilio de Zallas en Conil y arrancamos.

Dejamos la autopista poco tiempo después, y nos internamos en una carretera secundaria. El aire fue dejando de oler a salitre y se llenó de olor a alcanfor. Empezó a caer una lluvia fina y turbia que arrancaba del asfalto jirones de vapor. Quince minutos más tarde llegamos a un cruce en el que había un cartel con unas letras de molde y una flecha que señalaba hacia la playa. La carretera se convirtió en un largo camino de macadán primero, y de gravilla compacta después, que nos condujo hasta una de las construcciones más lujosas que había visto jamás.

Resultaba impactante por su simplicidad. Podría haber estado situada a la entrada del Louvre en vez de esa pirámide de cristal. Estaba construida con lo que parecían contenedores hasta el segundo piso, donde pasaba a estar hecha de listones de hierro sin pulir que, bajo el sol, semejaban el casco hecho trizas de un pecio rescatado del fondo del mar. La cubierta volada de hormigón que sobresalía de la fachada proyectaba su sombra sobre la piscina, de un azul aún más intenso que el del mar.

Pagué al taxista y caminé hasta el pórtico de entrada. No sabía si esperar a que un sirviente me abriese la puerta o llamar yo. Decidí no esperar.

El timbre era de esos que parecen el sistema de apertura de la cámara acorazada de un banco. Apreté un botón y oí un suave repiqueteo de campanas electrónicas en el interior. Cuando se abrió la puerta me pareció que estaba en un museo. La persona que sujetaba el pomo no tenía aspecto de sirviente, sino de comisario de una exposición. Su traje hacía que el mío pareciese comprado en Primark. Esbocé mi mejor sonrisa.

—Me gustaría ver al señor Zallas, por favor.

—Sí, señor. ¿Su nombre? —cacareó.

—Jesús Corbacho.

El tío me precedió hasta un salón de no menos de cien metros cuadrados, con los techos tan altos como un hangar.

—¿Le importaría esperar aquí un momento, por favor? —dijo mientras me señalaba una silla con la mano—. Voy a informar al señor de que está usted aquí. Hay bebidas en la mesa.

Le di las gracias y me senté donde señalaba, una silla de cuero Wassily que debía de ser original, al tiempo que echaba un vistazo alrededor para apreciar cómo vivían los hombres como él. No tenía el gusto de un gañán. Cogí un vaso y me serví unos cubitos de hielo de una cubitera metálica que muy bien podría haber sido de plata. A continuación, vertí en el vaso un poco del líquido ámbar de una botella de cristal labrado. Era whisky, y no precisamente del barato. Oí pasos y me puse de pie.

Zallas entró en la habitación. Lo mismo daba lo que sintiera realmente al verlo, hay personas a las que no puedes evitar mostrarles respeto. Por ejemplo, a un ciego. Por ejemplo, a un ciego que vive en una mansión. Por ejemplo, a un ciego que vive en una mansión y viste como Alain Delon saliendo de un club náutico en la Riviera francesa. Sus ojos tenían el brillo de los de un chaval.

—¿Suso? —pronunció con una voz cristalina—. ¿Cómo estás?

Adelantó la mano y nos la estrechamos con firmeza. Apoyó la otra sobre mi antebrazo y, sin desviarse ni un centímetro, atravesó el salón y me condujo hasta un sofá que se hallaba junto a una puerta acristalada que daba a un jardín. Me hizo un gesto con la mano para que me sentase.

—Me alegro de que hayas venido —dijo. Quizá lo decía de verdad, reflexioné. Me ofreció un cigarrillo y lo acepté—. ¿Qué te trae por aquí, Suso? ¿Hay algún problema con el contrato?

Decidí ir al grano.

—Con el contrato no —dije restándole importancia, haciendo un gesto con la mano que él, por supuesto, no percibió—. Hace algo más de una semana murió un gitano, allí en Ceuta. Yo a él no lo conocía mucho, pero conocía a su mujer. Lo bastante como para que la policía creyera que lo había hecho yo y me quisiera cargar el muerto a mí.

De algún modo que me pasó inadvertido, hizo que el sirviente acudiera y nos preguntara qué queríamos beber. Le dije, señalando mi bebida, que me había servido ya. Zallas pidió que le trajera un Calvados.

Cuando el sirviente se fue, comentó:

—Sí, algo oí en las noticias. Pero ¿a ti? ¿Por qué?

Lo preguntó con curiosidad.

Le dije:

—Piensan que fue el clásico crimen pasional. Estoy intentando descubrir quién lo mató, ya que la policía no parece tener mucho interés.

Volvió el sirviente con el Calvados y lo acercó a la mano de Zallas, que atenazó los dedos en torno a él.

—No me sorprende —reflexionó. Negó con la cabeza, como si ello suscitara remotamente su interés—. Las autoridades no son a veces todo lo eficaces que debieran ser.

Fue un comentario muy vago. Pareció darse cuenta de ello y corrigió un tanto su tono al decir:

—Por fortuna, la gente no suele tener que vérselas con la policía. Para todo el que lleva una vida normal, la policía suele significar protección. Protección, sí. Si supieran lo poco que les importamos a todos esos funcionarios... Yo he tenido que enfrentarme a la policía en más de una ocasión. Cuando te ven en el suelo, se crecen. En cambio, si eres alguien se desviven por ti. Así es la vida: el pez grande se come al pequeño. Pero tú no has venido aquí a oírme soltar discursos. Estabas hablándome de ese... chico al que han matado.

—Un gitano, sí. Lo llamaban el Charlie. Su nombre era Manuel Ponzano. Hace catorce años trabajó en la construcción del parque de atracciones de Jerez.

Esperé a ver su reacción. Zallas levantó una ceja.

—¿No me habías hablado ya de él?

—No —dije yo—. De quien le hablé fue de otro gitano. Uno que se llama Darío. Darío Baena.

—Otro gitano, ¿eh?

—Sí. Y hay otro más. Pepe Ponce, el Pespá. Al Pespá lo envié fuera del país, también se lo intentaron cargar. Los tres trabajaron en el parque de atracciones de Jerez. Precisamente, en esa atracción que se jodió.

Mi exabrupto desentonó en el ambiente sacro e inmaculado del salón lo mismo que si me hubiese tirado un pedo.

Zallas tensó imperceptiblemente los músculos del cuello.

—No me digas.

—Así es.

—¿Y cómo has llegado a saberlo?

—El Darío, que me lo contó. Lo vine siguiendo desde Ceuta. Pensé que había sido él quien mató al Charlie, porque también se follaba a su mujer. Pero me juró que él no había sido, que el Charlie y él eran amigos. Y yo le creí. Le pedí a un colega mío, un policía, que lo enchironase, para protegerlo, y allí cantó. Dijo que el socio de mi padre, Anguita, les pagó a él y a los otros en 2008 por callar.

—Ya veo —dijo Zallas. Apartó la vista un momento, sopesando lo que le acababa de contar—. Entonces, tú crees... —Se interrumpió—. ¿Piensas que Anguita mató al otro chaval?

—No lo sé. Podría ser. Pero yo creo que no.

—¿Por qué no?

—Por lo que dijo el Darío en comisaría, en presencia de mi amigo.

Frunció las cejas, negras y pobladas, y preguntó:

—¿Qué fue lo que dijo?

—Dijo que Anguita, el Califa, les pidió a los tres que firmasen un papel. Una especie de confesión.

—¿Qué clase de confesión?

—Donde declaraban que durante las obras del parque les pagaron por construir clandestinamente un sistema de frenada de emergencia en una de las atracciones.

—¿Eso hicieron?

—Por lo visto, sí.

—¿Y qué pretendía hacer Anguita con ese papel? Ah. Ya comprendo —dijo, irguiéndose un poco en el asiento del sofá—: Crees que Anguita extorsionaba a tu padre con ese papel.

—Así es.

—Pero... ¿no dijiste que Anguita había muerto?

Interpretó mal mi silencio. Pareció creer que yo pensaba que había sido mi padre quien lo mató.

Levantó una comisura de la boca, la viva imagen de la incredulidad.

—¿Crees a tu padre capaz de hacer algo así?

No contesté.

Sacudió la cabeza con pesar.

—Lo siento, Suso. No sé qué decir.

—No hace falta decir nada. Sospeché de mi padre mucho antes de que el Darío hablase. Solo que pensé que el Califa extorsionaba a mi padre por otra razón, no por lo del parque.

—¿Por qué?

—Por unas fotos.

—¿Qué fotos?

Sonreí por primera vez.

—Sabe muy bien de qué fotos le hablo.

Zallas guardó silencio. Noté en su forma de permanecer erguido cierta ansiedad. Creo que en ese momento habría deseado ver. Me buscaba con los ojos.

—Imagino que ya sabe por qué estoy aquí, señor Zallas.

Zallas se inclinó hacia delante. Se apoyó sobre los codos y reunió ambas manos bajo el mentón.

—Esa chica... —Sacudió la cabeza—. Es una boba.

—¿De verdad?

—En la ONCE formamos todos una gran familia. Pero yo no le di trabajo porque me diera pena, sino porque era buena. Tiene mucha iniciativa, ¿verdad?

Sonreía, así que yo también sonreí.

—¿Se la follaba? —le pregunté.

Se ruborizó. Sacudió la cabeza para decir:

—Supongo que no debí haber admitido tan pronto mi conocimiento del Gadir, ¿verdad? No debí animarte a investigar.

—Usted no me animó. Existe el Registro Mercantil. Solo había que consultarlo.

—Y esa es toda la conexión que encontrarás entre el Gadir y yo, Suso. Lamento decirlo. Yo desconocía por completo lo que se hacía allí. No soy un degenerado como...

—¿Mi padre, iba a decir? —le pregunté—. Puede ser. Tal vez usted no formara parte de la organización, pero sabía lo que se hacía allí. No aparecía en las fotos, es cierto. Pero debía de saber de su existencia cuando trató de conseguirlas para presionar a mi padre con ellas.

—Yo no necesito extorsionar a nadie, Suso —dijo con brusquedad—. Hay mil maneras mejores de hacer dinero. No todas legales, pero sí menos despreciables que la extorsión.

—No era dinero lo que pensaba obtener de mi padre —repliqué.

—¿Y qué era?

—Su silencio.

Cogió su vaso de la mesa. La expresión con la que pareció contemplarlo revelaba que estaba calibrando el alcance de la respuesta que me iba a dar.

—Su silencio, dices. ¿Y qué tendría que callar tu padre según tú, Suso?

—Su implicación en el accidente de Jerez. La suya, señor Zallas.

—¿Quieres decir...?

—Que usted tuvo miedo de que mi padre, igual que el Califa, se cansara de estar callado y amenazara con hablar.

—No entiendo muy bien adónde quieres llegar, Suso. Hablar de qué.

—De que quien construyó aquel sistema de frenada de emergencia fallido, aquel por el que murieron tres niños, fue una empresa de las suyas, Zallas. A esos tres gitanos les pagaba usted, es decir, su empresa. Firmaron un contrato, igual que la otra media docena de gitanos que trabajaron allí, de noche, jugándose la vida, pero a quienes retribuyó usted con mucha generosidad. Tan bien como para que permanecieran callados hasta ahora. Es usted un hombre muy generoso, eso no se puede negar.

Zallas se encogió de hombros. Dejó el vaso encima del brazo del sofá y este resbaló, derramando unas gotas de líquido ámbar sobre la tapicería inmaculada.

—Es un asesinato que se podría haber ahorrado —continué—. Mi padre no habría hablado jamás.

—Si Anguita iba a hacerlo, ¿por qué no él?

—¿Por qué no? —repetí, y sonreí cínicamente—. Porque él se preciaba de formar parte de ese selecto club de gilipollas esnobs a los que usted admira tanto. Un club cuyos miembros se creen por encima de los demás, como si en ellos cagar plumas y no mierda corriente fuese lo normal. Un club cuyos miembros se sienten ligados por una especie de código de honor que les hace considerar despreciable extorsionar, igual que a usted. No creo que lo hubiera hecho.

Zallas suspiró y echó el cuerpo hacia atrás.

—Cuando dije que quería ayudarte, lo decía de verdad, Suso —anunció. De pronto, parecía uno de esos perros que empiezan a gruñir entre dientes. Se podía oler su miedo—. No me gustaría estar en tu lugar.

Levantó imperceptiblemente su labio superior antes de decir:

—Has dicho que estabas investigando por tu cuenta. ¿Hasta dónde has llegado?

—Le he dejado todo muy claro.

—Algo sí. Pero no lo suficiente. ¿Qué crees que voy a hacer yo?

—Nada. No puede hacer nada. Y no creo que tarden mucho en llegar hasta usted.

Sonrió.

—Insistes en tratarme de usted.

—No veo que tenga motivos para tutearle.

—No soy tan mayor. Y te tengo afecto. Más del que crees.

—Pero yo a usted no —dije con desprecio—. No veo por qué tendría que sentir afecto por un asesino.

—¿Por qué dices eso? En cuanto a esa pistola, empuñándola contra ti, Noelia se extralimitó.

—Tiene mucha iniciativa, sí.

Sus ojos me dirigieron una mirada extraña. Su gesto había perdido la ferocidad anterior. Pareció vacilar antes de hablar, como si lo que iba a decirme le provocase cierto pudor.

—Yo nunca te haría daño a ti, Suso... No a mi propio hijo.

Me reí. Cuando vi que a él se le congelaba el gesto, me interrumpí.

—No diga eso, señor —le dije—. No se le ocurra decirlo.

38

¿Alguna vez has soñado contigo mismo a otra edad? ¿Cuando tenías quince años? Tú estás parado ahí, delante de ti, mirándote a ti mismo y a la vez mirando a otro tipo, uno que eres tú pero que al mismo tiempo no lo es. Cuando tu yo maduro mira al joven, sientes un ramalazo de nostalgia, de compasión. Querrías sentarte con él y decirle un par de cosas, contarle algún secreto que lo ayudara a no cometer los errores que cometiste tú. Querrías decirle que no viviera su vida como si tuviera más tíquets para subir en la montaña rusa, como si hubiera una segunda o tercera o cuarta o quinta oportunidad de hacerlo bien. Decirle que te mirase y se viese a sí mismo porque lo era, ese otro tú, un tipo con la piel de la cara descolgada, con la mirada caída hacia las comisuras de los párpados, con el pelo lacio y con entradas, que cree saber más que nadie, como todos los tipos de su edad. Y aunque es un sueño, y tal vez hasta lo sabes porque a veces se sabe cuándo se está soñando, miras con desagrado al tú maduro que te recuerda a tu padre, y sientes verdadera repugnancia hacia él, porque al igual que cuando miras a tu padre, te reconoces a ti en él. Tal vez, por un momento, durante una suerte de epifanía, te sientas interiormente dividido. Porque por un instante has sido el tú joven, el maduro y el que sueña al mismo tiempo, los tres *tús* a la vez, como el autor de una novela es a la vez el asesino y el detective privado y el narrador, y hasta el autor que decide darles voz. Y durante ese instante perturbador sentirás un vértigo, que no es otro que el vértigo de vivir. Ser uno y otros a la vez.

Es lo que me estaba pasando en aquel momento a mí. Allí sentado, delante del chaval de quince años que me observaba con cara de pocos amigos, y al que la celadora había sacado del aula y acompañado al jardín en el que nos encontrábamos hoy cara a cara por primera vez, en esa hectárea de parque coquetamente arbolado y perimetrado por una valla electrificada, lleno de bancos y farolas que el gobierno de la ciudad autónoma había hecho instalar recientemente en las dependencias de los centros para menores como aquel, unas instituciones destinadas a acoger y reencauzar con la mejor intención a los jóvenes cuyos padres habían fracasado en el intento, o sencillamente habían renunciado a él. Como yo.

—¿Qué pasa, chaval? —le dije.

No era una forma original de empezar, lo sé. Pero estaba acojonado. Y su mirada me acojonó aún más. Me miraba rencorosamente, exactamente tal como yo habría mirado a quienquiera que se presentase así ante mí, reclamando un trozo de mi intimidad quién sabía por qué razón ni con qué fin, ni en virtud de qué autoridad.

—Yo conocí a tu madre —le dije—. Cuando tenía más o menos tu edad.

Y nada más pronunciarlo sentí cómo todos mis órganos se quedaban rígidos en mi interior. Cómo dejaban de latir o bombear o segregar o multiplicarse por un instante muy pequeño.

Y después, lo mismo que sucede al encenderse todo de nuevo tras un apagón, nada volvió a ser igual.

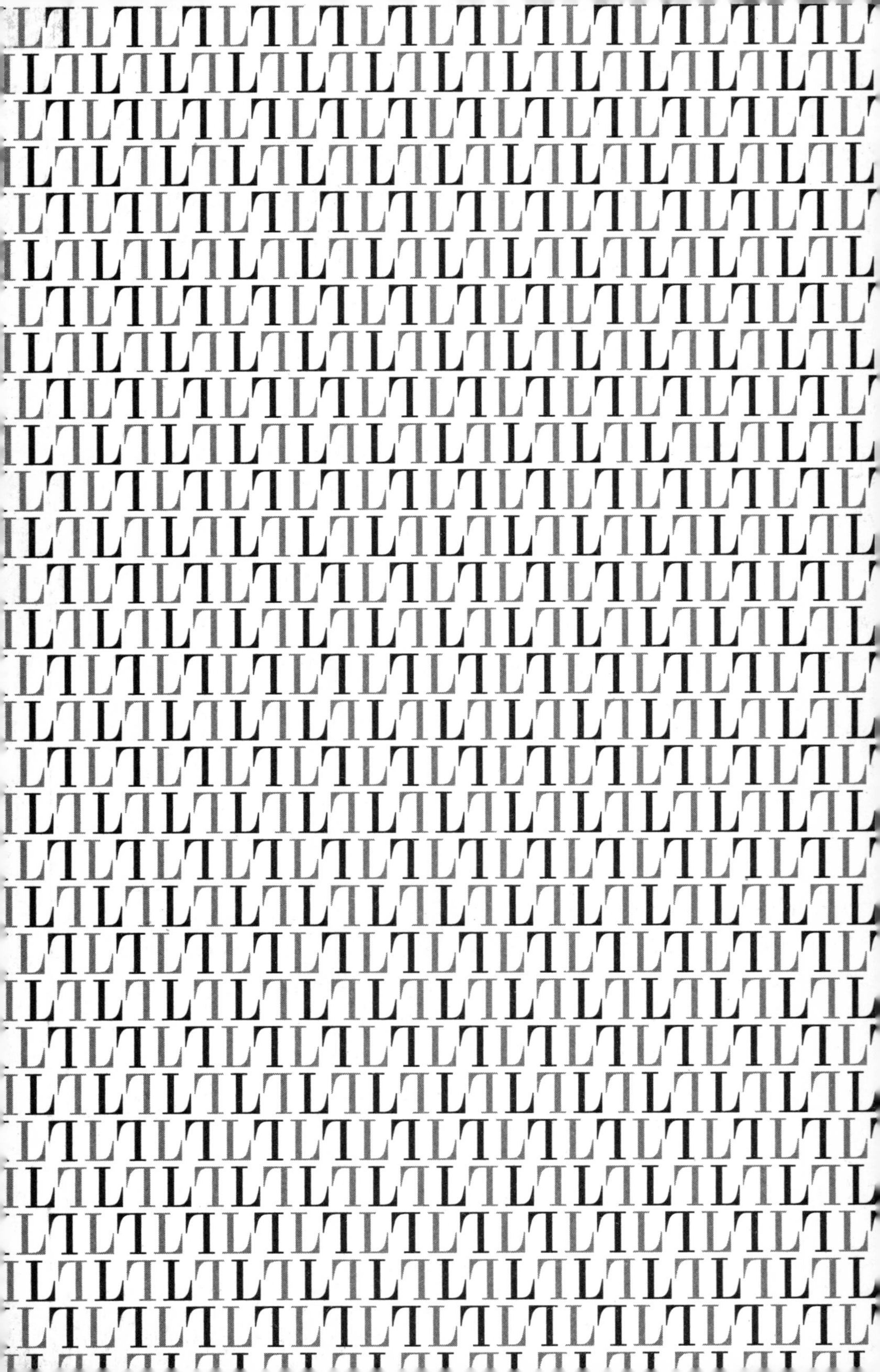